慢时光，牵牛而过

宋长征 著

广西师范大学出版社
GUANGXI NORMAL UNIVERSITY PRESS
·桂林·

图书在版编目（CIP）数据

慢时光，牵牛而过 / 宋长征著. —桂林：广西师范大学出版社，2018.6
（“雅活”书系）
ISBN 978-7-5598-0865-3

Ⅰ. ①慢… Ⅱ. ①宋… Ⅲ. ①随笔—作品集—中国—当代 Ⅳ. ①I267.1

中国版本图书馆 CIP 数据核字（2018）第 092014 号

广西师范大学出版社出版发行
（广西桂林市五里店路 9 号　邮政编码：541004
网址：http://www.bbtpress.com）
出版人：张艺兵
全国新华书店经销
广西民族印刷包装集团有限公司印刷
（南宁市高新区高新三路 1 号　邮政编码：530007）
开本：787 mm ×1 092 mm　1/32
印张：10.625　　字数：180 千字
2018 年 6 月第 1 版　　2018 年 6 月第 1 次印刷
印数：0 001~5 000 册　　定价：48.00 元

流动的乡愁

王芳

作为昨天的未来，明天的过去，今天是一种过渡，承前启后，任重道远。处在今天的我们，看到了过去的祖先们留下的什么，又要给未来的后辈们留下什么呢？如果把时间装进一个广角长镜头里，今天就是一个极小的点，甚至可以忽略不计，历史上的、未来的无数“今天”，都是如此。很少有人意识到这种“忽略不计”，处在这个时间点上的人，都以为自己是时间的主宰，至于未来，谁去管它呢？

但是，毕竟还是要有人想通过这个时间的镜头看得远一点，再远一点，如此，今天就显得至关重要了。比如，《诗经》中任何一首诗被创作出来，传唱起来的那个“今天”，就随着文字一直流传到了现在，还将延续到明天。还有那么多诗人、文学家，仅仅是凭借着文字创造的世界，就将那可以“忽略不计”的“今天”一直留住。大概，这便是“今天”在各种喧嚣声下，文学看似没落，人们却更为渴望读到优秀作品的原因了——只有文字的光芒才能冲淡人们在广漠无边的时间面前的渺小感，重拾存在的信心。

同时，时间的流逝又迫使一些东西此消彼长。比如，科技的发展，经济的腾飞，使人们更需要也更喜欢便捷快速的生活方式，大量乡村人口涌入城市，城市大面积扩张，乡村改版，从前的宁静与淳朴不再……似乎一夜之间，很多人开始以操着一口难懂的乡音，顶着一张晒成古铜色的脸为耻，以能住进高楼大厦，过上不与泥巴打交道的体面生活为荣。城市在一定程度上吞没了远古而来的质实，将那些雨疏风骤的夜晚、露冷玉阶的清晨、霜起板桥的中夜，将人们肩上落下的烟灰、田间地头偶遇时的谈笑，以及他乡遇故知的惊喜，一并吞没。因为快，一切都成了浮光掠影，一切都不值得停驻，直到某一天，在城市的华灯下惊觉两手空空，一无所获，这才知道，被城市吞掉的，又岂止是那些看似无用的东西？

于是，一种名叫“乡愁”的情绪在偶尔停下来看城市暮光的人们心中升起，不可名状，挥之不去。“日暮乡关何处是，烟波江上使人愁”，城市化只是近三十年来的事情，乡土中国，无论从空间还是时间概念上来说，都不算太遥远的存在，若远若近，若即若离，将这种情绪渲染得恰到好处。

我想，宋长征就是在这种情绪下完成了他的《慢时光，牵牛而过》。当温和静美的乡村图景随着母亲眼里最后一抹光亮的消失而消失，他拿起了笔，开始记录。在“今天”这个时间节点上，他要留住一些东西给“未来”。

有使命感的写作，排除技巧的因素，首先是赤子之情的流露，单凭这一点，这本写给未来的书，就已经高出很多。所以我说，自称“上九流的种田人，半个文人，下九流的剃头匠”的宋长征，在中国文坛不仅是一个独特的存在，更是一种不可或缺、无法替代的存在。

“乡村理发师”的身份本身就是尴尬的，他不是纯粹的农民，他早从田地里脱离出来了，这注定了他的眼界要高于埋头刨食的农民。但他也不是城里人，因为他生活在乡村，他自然比城里那些居高临下看待乡村生活，或者无病呻吟强作悲悯的作家更了解真实的乡村面貌。“作家”

对文化与见识的要求很高，但“农民”中的这种文化高度自觉者少之又少，这就需要他的悟性和与大自然对话的能力。这一切共同构成了宋长征独特的文学气象。任何一个乡村书写者要像他一样生活、感受，在这个时代几乎都是不可能的，他们中的一部分，不是流于粗俗，就是过于理想，不是一味批判，就是田园牧歌式的抒情。那些文字对乡村的历史与未来的衔接并没有本质性的认识，因而是有隔的；而他，日日与乡村的风、田野的稻，以及残存的乡村物事接触，与泥土和虫鸟打交道，加之自身有学养，因而可以跳出桎梏看世界，见地远远高于同行。最为难得的是，他多年身处其中而能依旧热爱，发誓要“一手执笔，一手捉刀，剃他个月白风清青龙偃月刀”（《剃头挑子的江湖》）。“生活在他处”，风景总在远方，这是人的普遍意识，但他竟孜孜以求地热爱着他的乡村，将对乡村文明、文化的传承自觉扛起，对那些田间的草木、器物、游戏等如数家珍。所以我说，宋长征的出现，是中国文坛之幸，如果没有他，谁来如实记录、尽情讴歌这一段乡愁？谁来保住这最后一点慢生活的优雅？谁告诉后人，这自然的风、乡野的美好，曾经哺育了悠久的农耕文明？

正因为看到农耕文明在现代科技的冲击下日渐淡化，

深爱着乡村的宋长征，即便如今仍身处乡村，还是有一种无法挥去的乡愁。“出门是扰乱心神的‘车如流水马如龙’……醒来是被灯红酒绿分割的断简残篇”，这明显体现出他对城市某些现状的不满。“如果哪天你收到宛若银丝的乡愁，那一定是故乡寄来的马蜂菜。”（《马蜂菜托及其延伸》）浓浓淡淡的乡愁，对乡村物事消逝的忧伤，就这样流淌在文字深处，也流淌在宋长征的血液里。

这样的乡愁难道只是他一个人的回望？不，它更应该是一个民族的怀旧情结。“如果没有了这些乡村植物，记忆里是否会一直空旷苍凉？我们流淌的血液会不会失去温度，身体如岩石般冰凉？”（《夜雨剪了一把春天的韭菜》）在指认那些被逐渐遗忘的草木、农具、菜蔬和习俗时，宋长征需要一些东西来证明，这种“乡愁”并非个人的，并非“为赋新词强说愁”。而真正美好的过往，正在历史深处，通过文字传达给他力量。本书中随处可见这样的释义与解读，《诗经》《本草纲目》《齐民要术》……这些古籍里的文字，他信手拈来，无形中增添了作品的质感，与厚朴的乡村达成内在的一致。

大地是乡愁的载体，大地的另一个名字叫作“母亲”；和大地一样，母亲也是来处，是源头。大地即母亲，乡村即母亲，书中“母亲”这一意象，共有一百多处，既是实写，是现实生活中做饭缝衣熬煎草药的母亲，也是虚写，是隐喻意义上更宽宏深厚包容的大地乡村。毫无疑问，母亲这一意象，丰富了牵牛而过的慢时光，是乡愁物化的体现。“那根挑月的针呢？那丝带串联雨珠的线呢？想必已追随母亲而去，再也无法和一只旧年的笸箩心手相依。”（《针头线脑说笸箩》）“这时时间如绸，夜色如绸，母亲手中的木梭在民间穿行，虽孤独却不知疲倦。”（《梭，在民间穿行》）“我走近母亲居住的土屋，一缕陈年的月光刚好迎面而来，抚摸我背井离乡的脊梁，像母亲，像多年不见又拙于表达的情怀。”（《瓦上松》）……母亲永远的离开，正是乡愁浓得散不开的原因，也是“回得去的故乡，回不去的童年”的印证。没有母亲的故乡，如何不愁？

一个人有机会离开乡村，离开那种别人眼中不够前沿时尚的生活状态，却毅然选择坚守乡村一隅，到底是为了什么？可以确定，没有对大地和乡村真正的热爱，没有一种情怀，是根本做不到的。对于宋长征而言，“这是我的江山，我在这里生，也必将在这里死亡；我在这里点燃生命之火，也必将在这里熄灭最后的暖灯”，他在《童话，落花而生》中这样写道。这样的文字里，有一个写作的、此时的他，这个他，是激情满怀的，有着近乎幼稚的抒情，但恰恰是这种赤裸的情怀，让文本更原生态，更真挚动人，也更容易走进读者的心里。

“有人说，故乡其实就是一层酶，时间长了就贴附在人的胃壁上。每一次乡愁，都是对故乡味道的怀念，怀念田野里的菜蔬，怀念亲人，怀念老家的大白馒头。”（《茼，一段乡愁的源起》）这流动的乡愁，将带我们离开“今天”，重回“昨天”的乡村，做一回大地的赤子，并在“明天”延续这份纯净与美好。

目录

此刻／我将重返故园／看那时光从草
尖滴落／脚步缓慢／不肯惊醒一朵牵
牛花悠长的梦境

第一辑　一叶草

银碗盛雪/那些与月光擦肩而过的谷物与菜蔬/养育我坚硬的骨骼/青了又黄/黄了又青

第二辑　一粒粟

第三辑　一扇窗

一扇雕花的木格窗棂／打通时光之墙／此境是我／他境是一座安详的村落／彼此深情凝望

第四辑　一把锄

与一头牛相遇／与先民相遇／只需通过一件朴素的农具／便可倾心交谈／昨日地／今时天

01

第一辑 一叶草

此刻 / 我将重返故园 / 看那时光从草尖滴落 / 脚步缓慢 / 不肯惊醒一朵牵牛花悠长的梦境

yi

ye

cao

益母草心中有条河

《诗经》中的益母草充满悲情，那位被人抛弃的女子凄怆地走在田野上。风，是一股冷硬的风，拍打着母亲的胸膛；雨，是一阵凛寒的雨，打湿了多年的热望。“中谷有蓷，暵其干矣。有女仳离，嘅其叹矣。嘅其叹矣，遇人之艰难矣！”生在人世间，想要遇见一个钟爱自己的男人有多难啊，枯萎的益母草站在河畔看着，压抑不住心中的愤懑。

我们村也有很多益母草，生在沟渠上，田埂上，不长庄稼的荒地上。春季发芽，夏日蓬勃，类似于微缩版的火麻，叶似艾叶，方梗凹面。四、五、六月间，一节一节地向上开花，花红紫色，一如开放的合欢花。

隐秘的乡村，女孩儿的生长是身体内部流淌的一条河，只有母亲知道，只有母亲能体察到女儿微妙的心事。她们从来不说，但一转身就来到村外的田野上，采收益母草的全株，以备不时之需。这时候恰好是端午前后，她们分开弥漫的麦香，在蜿蜒的阡陌上寻找。益母草在风中摇曳，红紫色的花瓣像女孩们隐秘的心事。

益母草要连根采收，就像一个女人的一生，无论少了哪一部分都不能称其为完美。采收来的益母草，放在向阳的仓房中阴干，以收敛其活血行气的药性。“金元四大家”之一的朱震亨曾说：“茺蔚子，活血行气，有补阴之功，故名益母。凡胎前产后所恃者，血气也。胎前无滞，产后无虚，以其行中有补也。”

难怪朱先生弃儒从医，大概也和我一样读了《诗经》中的益母草，悲愤难平，决意舍弃大儒之名，研习百草，提出人身之中“阳常有余，阴常不足”的观点。乾为天，坤为地，用一株益母草滋养乡间母亲的身体。

我曾经无数次走过益母草的侧旁，淡淡药香似一缕女儿香在田野萦绕，质朴的枝叶，红紫色的花朵噙着几滴露珠，折射出乡村宁静的岁月。这是一株与我无关的植物；这是一株与我息息相关、血脉相连的植物，因为母亲，我听见了益母草心中流淌着一条清澈的河流。

再回到《诗经》中那悲切的章节，“中谷有蓷”，益母草心中的那条河却几近干涸。《毛诗序》曾经为诗里的男子开脱，以为是“夫妇日以衰薄，凶年饥馑，室家相弃尔”，但无论如何，毕竟曾经相濡以沫，也不能将所爱之人弃于荒野，任凭一首哀歌传诵至今。

所以让我来说，将益母草称为母亲草或者女儿草才更为贴切。无论是“中谷有蓷”里的“蓷”，还是朱震亨药典里的“茺蔚”，都彰显出草木的良善与悲悯，像一条永不断流的天河，护佑着我们的村庄，和日夜在黄土地上操劳的母亲。

顾盼生姿车前草

车前子是一个人名，也是一位名人，原名顾盼，善作画，善写诗，善为散文杂章。我读车前子《不寒窗集》，顾盼生姿之意，自在逍遥文字间。文字如田野，生车前子般草木性情之人，朗月星空，踏莎而行。

我们村也有车前子，其植株即车前草，俗称车轮菜，二大爷呼作牛舌头棵，“棵”读kuō，一根牛舌头阔阔气气长在田埂上。我想那是一头因耕耘而忘记舌头的牛，双目圆睁，在春天的大地上弓起身子，犁开身后哗啦啦的泥土，等夕阳落在树杈上，再回到地头把舌头收进嘴里，低哞一声，唤来月光的裙纱。

车前草叫车轮菜时，我们村尚有牛马，那是生灵们的黄金时代。一辆马车或者牛车轧过松软的泥土，不免粘连起许多莫名的草籽，它们沉默不语，和牛马一起上路，从东村到西村。有人从百十里外的砀山拉来一车生石灰，也带来了会说安徽土语的车前草，长到我们村的田埂上。

车前草叶片呈卵形，是绝对绿色的柴鸡蛋的形状，四五月间萌发，七八月开花，花呈纺锤形，似妇人头上的玉簪。乡间母亲往往没什么积蓄，买不起玉的、金银的簪子，就在田埂上随便掐一朵车前草的花戴在发髻上，发香与草木之香融合，古典与现代互为依存，少却手工之繁，兼具万物之灵。

《诗经·周南·芣苢》说的就是这么一档子事："采采芣苢，薄言采之。采采芣苢，薄言有之。采采芣苢，薄言掇之。采采芣苢，薄言捋之。采采芣苢，薄言袺之。采采芣苢，薄言襭之。"既然古人都不厌其烦地诵唱，我不妨也做一次车前子门下的走狗，重唱一遍车前子之歌。

采啊采啊采芣苢（千思万想还是觉得古语好听，玲珑而有韵致，像清风吹过草丛，微风荡起涟漪；相比现代文的直白，使用得当尚可月白风清，若是赘赘而谈，难免像老婆婆的裹脚布，读了半天没有一点生瓜梨枣的味道），采啊采啊采芣苢，一把一把捋下鲜嫩的绿叶子，回家包扁食。采啊采啊采芣苢，采啊采啊采芣苢，一棵一棵采回家，洗洗干净做羹汤。这样的解释车前子听了怕是会莞尔一笑，其实生在乡间的草木断然不会因为我的表达含混而有所非议。左顾右盼的车前草也是，听劳作之余的民间女儿一边歌唱着采芣苢，一边把现成的玉簪插在发髻上，心中竟有泪生。

清代学者郝懿行在《尔雅义疏》中说："野人亦煮啖之。"看来我们村都是这样的野人（野人有解，《野叟曝言》里是有文化的野人；《山家清供》里的林洪自称山家，是野人的别称。）。母亲蹚着草叶上的露珠，将鲜嫩的车前草采回家，焯水，凉拌，不啻为一道鲜美的野蔬。若不信，请看《救荒本草》："生道旁，味甘咸，性寒，无毒。"

对于某些人而言，乡村实在没什么好的，没有光鲜的装潢，没有直晃人眼的宝马香车，没有跌涨起伏、牵着人的小心脏的股票行情。我们村只有遍地的庄稼，吃草的羊群，还有擎出一枚玉簪的车前草，甭说贵贱，就是那份鲜活，也不一定人人戴得起。

《毛诗草木鸟兽虫鱼疏》曰："芣苢，一名车前，一名当道，喜在牛迹中生，故曰车前、当道也。”车前、当道，我看见一株顾盼生姿的车前草，在黎明上路。

菟丝子的魔法

仲夏时节，菟丝子准时出场，像一个小小的魔法师。田野是菟丝子的舞台，我家种的豆角、大豆相当于菟丝子跳钢管舞的现成道具。我们都知道，在魔法师面前，一个人的智商近乎零，主要是因为魔法师水蛇一样的腰身太过灵动，闪念障眼。

菟丝子也是，不怕热辣辣的太阳，阳光越是炽烈，它越是充满激情。昨天田野里的豆苗尚且青青展展，有的已经结出毛茸茸的豆角，转眼，母亲再次来到田里，青黄如妖雾一样的菟丝子就爬满了豆田。母亲惊出一身冷汗，一棵菟丝子相当于一小块病毒，若不及时切除病灶，田里的大豆将会被菟丝子施以魔法，瞬间枯萎。

这有点像正在非洲蔓延的埃博拉病毒，几乎无药可医。

换一个视角，菟丝子在古文中又叫女萝，听起来姿态曼妙。在李白的《古意》中，则是一位满腔哀怨的女子：“君为女萝草，妾作菟丝花。轻条不自引，为逐春风斜。”女萝与菟丝的缠绕当时代表缠绵悱恻的爱情。诗中的女萝应该是另外一个物种，也叫松萝。我曾去过东北的山林，松树上垂挂着绵绵的松萝枝条，场景近乎魔幻，若是再拍《爱丽丝梦游仙境》，我建议蒂姆·波顿去那里试片。

菟丝子生发时如一只乖巧的野兔，伏在草丛间，听见我家豆苗生长的风声，赶紧钻出地面，向上，向上……像一个“五讲四美三热爱”的孩子，攀缘而上，假以时日，就会有光明的前途。可我母亲不允，第二天来到田里，一点也不顾惜亲自播下的豆苗，连带会施魔法的菟丝子一起，请回家里，做我家羊的口粮。

可见我家的羊口福不浅，艳福也不浅，它们眼神迷离地大口咀嚼着青青的豆叶和脆嫩的菟丝子，有颐养天年之态。

中药里的菟丝子，是菟丝子结出的果实，有补肾益精、养肝明目、固胎止泄的功效。我看村西赤脚医生的小抽屉上写着菟丝二字，还是繁体。人在明处，菟丝子在暗处，积攒药香。（我看现在的医生，动辄就开一堆西针西药，不爽；西方有西方人的传统，东方自有东方的魅力，草药作为东方始祖的发明，不该喑哑在故纸堆中。）

菟丝子一旦攀附于豆苗上，就会生出很多细小的尖刺，刺进豆苗的肌肤。这种爱近乎病态，两情若是久长时，便定要朝朝暮暮。而后斩断与草丛下的小兔子的牵连，仿若自动断脐。

既然说到菟丝子，就不能不提起一桩公案。李时珍说："《毛诗》注女萝即菟丝。《吴普本草》：菟丝一名松萝。陆佃言：在木为女萝，在草为菟丝。二物殊别，皆由《尔雅》释《诗》误以为一物故也。"可见自古以来女萝与菟丝子就纠缠不清，引得一干植物控们大打口水战。我更倾向于元代名医朱震亨所言："菟丝未尝与茯苓共类，女萝附松而生，不相关涉，皆承讹而言也。"如此将两种藤蔓类植物轻轻扯开，岂不冰释前嫌？

一株菟丝子正趁着朦胧的夜色，沿着月光攀缘而上。桂花树下的小兔子有点紧张，怕是嫦娥姐姐归来，树上已经爬了千丝万缕——菟丝子也是爱的魔法师。

水中的红蜡烛

正值秋天，我在村前的小河里捉鱼，野菖蒲在哗哗的水流声中生长，鱼戏菖蒲东，鱼戏菖蒲西，鱼戏菖蒲间，让我无可奈何，只好怏怏地走上河岸。这时的风被夕阳染红，野菖蒲的倒影在水面上晃动，藏在里面的鱼儿们有些倦了，决定不再和我玩如此低智商的游戏，恹恹睡去。

野菖蒲，也叫蒲草，水烛才是它的正名，水中的红蜡烛。我需要这样一枚燃烧的红烛，走在夜幕下回家的路上，四周，蛙声起伏跌宕，一束束红烛的光影摇动，照亮一个乡村少年的孤独时光。

老祖母最喜野菖蒲，过了霜降将蒲草收割，放在阴暗的小仓房里阴干。祖母有祖母的小九九，有关野菖蒲的结绳记事，能结上长长的一大串。坐在灯光下搓绳，将一根根微润的菖蒲编结成长长的绳子，像时光有了具体的形状，抻在手里，实在，经久耐用。用蒲草编织成圆圆的草筐，主要是用来盛放新做的馒头。那时家贫，馒头可算是过日子的上品，祖母把草筐挂在屋梁上，就把我的心思也高高悬挂了起来。

家里用得最久的物件，当属祖母用蒲草编织的草墩子，松软，结实，可谓坐望夕阳，享受桑榆晚景的最佳伴侣。直到现在，每每想起祖母，我就会想起那只松软的草墩，好像祖母在那只蒲草做的草墩上静静坐了一整个秋天。其间，霜花如何落下，雁阵如何南飞，都被祖母编在了那只草墩里，以供后来的我们怀念。

菖蒲本为野生，风姿绰约，守望于水湄，后来却被收进尺幅山水。有关菖蒲种植的记载，诸多古籍中皆有。宋吴怿的《种艺必用》里说："菖蒲，初种在圆石之上，一再移于好石之上，乃细而不粗。"明朝王象晋的《群芳谱》也说："芒种时种以拳石，奇峰清漪，翠叶蒙茸，亦几案间雅玩也。石须上水者为良。根宜蓄水，而叶不宜近水。"

这是微缩版的菖蒲，更有一份与文人雅士有关的灵性："石上生菖蒲，一寸八九节。仙人劝我餐，令我颜色好。”就连清末翰林吴增甲也说菖蒲为仙家之品。

如此对比，我们村的菖蒲就显得大气起来，一到夏天，浅滩上的野菖蒲葳蕤丛生，有翠鸟在其间织巢，有水蛇在其间曼舞，有鱼儿在蒲叶间嬉戏。

菖蒲可做饼，就是名字叫的有些吓人，听起来不够清雅，叫作神仙富贵饼。林洪说，把白术切成片，与菖蒲同在沸水里过一遍，晒干，碾成末，各取四两，加干山药粉、白面各三斤，以炼过的白蜜和起来做饼，晒干，等客人来了蒸着吃，或者做羹汤。

菖蒲竟然与富贵搅和在一起，起因大略来自《梁书》中的记载：萧顺之之妻怀孕时曾在庭前看见菖蒲花开，光彩灼灼，于是取菖蒲来食用，然后生了个儿子，就是后来的梁高祖。

我们村的菖蒲没有那么好的运气，只是亭亭地长在老河滩上，擎起一根根红蜡烛。红，代表日子红红火火，已经足够。

瓦上松

我们村里有很多土屋，比现在的混凝土结构建筑更憨厚、朴拙。我走近母亲居住的土屋，一缕陈年的月光刚好迎面而来，抚摸我背井离乡的脊梁，像母亲，像多年不见又拙于表达的情怀。老瓦是老屋的羽毛，羽毛湛蓝，过了很多年依然未改朴拙的质地。

老瓦在乡村的夜里格外安静，任凭月光的清流淙淙流淌，濯洗乡村的艰辛，带去苍茫的风尘。一片老瓦安放在老屋上久了，就成了乡村里的精灵。

雨夜，雨声代替月光的关照，落在老瓦上，清脆、悦耳。我喜欢躺在老屋里听雨滴落在老瓦上的声音，像瓦松们的窃窃私语。“这串是我的珍珠手链，要多透明就多透明。”“这滴是我的唇膏，微凉，微甜，像两个月前春天的那场雨。只是那时我们刚刚睡醒，还有冷的风，呼啸而过。”

雨夜里，老屋的瓦上站着那么多瓦松的精灵。有的双手合十，心中默祷着什么；有的张开胖乎乎的手臂，好像一踮脚就能穿破一千层夜雨，飞向夜的殿堂；更多的，是沉睡了许久，为这场期盼了已久的淋漓的雨，而欢呼，而雀跃，而顺着笔直的瓦垄在水流中嬉戏。

我看瓦松时，像面对幼年的自己。眉尖上尚有一滴夜露晶莹，摇摇欲坠，瓦松屏住呼吸，怕一不小心惊动了这天地凝集之水。我喜欢在瓦垄上行走，那么高，就像站在世界上最高的地方，可以看见远处的庄稼，可以看到白杨树的树梢，甚至也能和一株瓦松那样，一踮脚，飞向无边的苍穹。

民间的瓦松，是苦水中泡大的孩子，生活教会它们隐忍，以熬过漫长的久旱无雨的日子。这时的露珠是瓦松的依靠，是母亲，是一滴一滴珍贵的乳汁，告诉它们要坚强活下去。活下去才有希望，活下去才能和乡村一起见证时光的更迭。苦水里泡大的孩子，往往天赋异禀。赤脚中医虎子爷，把瓦松在竹薄上风干，入药，治便血、鼻衄。

我小时顽劣，不是下水捉鱼，就是爬树捉鸟，所以身上常常挂彩，一如英雄归来。母亲嘴里虽说着狠话，却又命我爬上老屋的屋顶摘瓦松——新鲜的瓦松捣碎，可以止血。乡下的母亲往往无师自通，土法炮制的民间验方，能止住我们的清贫与疼痛。

《唐本草》赋予瓦松一个诗意的名字，“昨叶何草”。可入画：一缕月光，一片老瓦，一株青苍的瓦松，擎一枚小小的红花——那是微缩版的莲花，可以安放乡间的清贫，也能普度那困顿的光阴。

我却宁愿叫其瓦上松。叫起来响亮，就像村里一个小麦肤色的孩子。

唐朝的李华应该也是瓦松为数不多的拥趸之一，写了一首《尚书都堂瓦松》，我愿意全数剽窃，不怕落个盗用版权的罪名。为了瓦松，值。

尚书都堂瓦松（唐 李华）

华省秘仙踪，高堂露瓦松。叶因春后长，花为雨来浓。

影混鸳鸯色，光含翡翠容。天然斯所寄，地势太无从。

接栋临双阙，连甍近九重。宁知深涧底，霜雪岁兼封。

年年有榆

榆树在《齐民要术》中是可以致富的树，后来的"少生孩子多种树"，大概也是根据贾老先生的理论而来。投入少，见效快，属于广普类型树种。

种上榆树，第三年就能卖榆钱、榆叶。榆钱很多人都吃过，微甜，有典型的草木气息。榆叶我小时候吃过，做成汤，没什么特殊味道，爽爽滑滑，像一条条绿色小鱼儿在青花碗里游。五年的榆树，大概能长到碗口粗，可以做陀螺，当时叫作"独乐"。十年的榆树基本成年，如村庄里的壮小伙，可做木杯、木碗、木瓶、木盒一应器皿，比现在的塑料器皿更亲民，也更环保。十五年之后，榆到中年，到了可以独挑大梁的年纪，骨头也更硬实，适合做木桶、车轱辘，成为可以行走的树。

这还不算，老贾说若是谁家小孩出生，种下小树二十棵，到了嫁娶之年，树干就全部可以做车轱辘了：“一树三具，一具直绢三匹，成绢一百八十匹。聘财资遣，粗得充事。”想来那个年月的物价还是很平稳的。

我自小就认识榆树，我们村到处都是榆树蓬勃生长的枝条，不知是那时的人懒，不识别的树种，还是榆树命贱，可以随遇而安。我们村的榆树和江南园林里的榆树盆景不一样，盆景好是好，只是老榆长得让人揪心，拧巴。可能人的日子好了，就愿意干一些拧巴的事儿，好好的一株榆树，削枝斫根，愣是造出一种病态之美。

我家前院二娘家有一棵老榆树，说是二大爷在被人拉走当壮丁那年亲手植下的。暖风轻扬，桃花红了的时候，榆钱串上了梢。二娘不吝啬，喊来各家主事的女人分享。当然也少不了我们这些小孩子，光着膀子爬上爬下，撸一把塞进嘴里，就好像品尝到了春天的味道。

“失之东隅，收之桑榆”，我认为是一个现代寓言，有新解，应该说成“收之东隅，失之桑榆”。是说人在城里买了房子，宽敞是宽敞，不过与大地的距离越来越远，再也闻不到、看不见田野的味道与景色，只能窝在小小的房间里，任凭PM2.5、车水马龙的噪音的侵扰，哪还有落日照在桑树榆树梢上的桑榆晚景？

母亲说过有关榆树的一种吃法，是说自然灾害的那些年月，青黄不接时，抠下榆树皮，晒干，从老河滩上挖来一些茅根，晒干，放进石臼舂捣成粉，和成糊状，在鏊子上烙馍。火在心上煎熬，榆树在鏊子上度日如年。幸福，有时需要饥馑来提醒，否则，物质文明再进步，人也难有感恩之心。

我在《石磨：烟火人间的天与地》里写过："村西的二闹，饿得两眼直发绿。二闹娘熬了榆树皮粥，刚开锅，二闹不分青红皂白盛了一碗，一小段儿榆树皮哧溜下肚，还保持着火的温度。娘说，二闹死得惨，躺在地上打滚，一会儿喊饿，一会儿喊烫，再一会儿就翻了白眼。"

这是榆树的伤心往事，不提也罢。如今无人居住的乡下老院，当年一株碗口粗的榆树已成栋梁，但我不会这样考量榆树的价值，我会让榆钱年年串上树梢，树根一年比一年更深入大地的内核，以便年老时坐在落日余晖中的榆树下，祈祷村庄年年有榆。

烟，不只是一种草

说起烟草，我的眼前就弥漫起一缕袅袅的青烟，温暖而从容。相信对于烟草毒害之说，世人皆有体会，尤其不抽烟者，更有一百个拒绝烟草的理由。

我不是想简单地说烟草的好与坏，就像日子的细节里，有太多的无奈，我们无从剖白。

我所熟悉的烟草，是教科书里的，16世纪，原产美洲的烟草由吕宋（今菲律宾）传入我国。我能想到的细节，就是一个漂泊海外的人，在思乡的夜晚，孤独无处排遣，抓起手边的纸笔，想描画通往故乡的路径，无奈离乡多年，有些思绪早已化作缥缈与虚无。看看街道转角的人们，吸一口烟，吐出悠长的烟圈，不由自主捻起一根纸烟，闭上双眼，阡陌、山野、村庄、初恋的少女……一一呈现。

父亲的时间概念，也来自烟草的启发。我和半瘫的父亲在田里除草，日头高高悬挂，未照香炉也未生紫烟。我问父亲，什么时候才能做完手中的活计，什么时候才能回家，父亲停下手中的镢头，一只手掏出腰间的烟袋："一支烟的工夫吧。"

到现在，我仍然不能说清一支烟的工夫有多长，可以是一天，也可以是长长的一生。

抽完这根烟就老了，你唯一能做到的，就是细细品味眼下的光阴。

烟笸子是我年少时熟悉的物件，父亲往往在黄昏时更加钟情于烟草。暮色四合，那头耕田回家的黑犍牛，沙沙咀嚼着石槽里的草料，父亲坐在门墩上，顺手从脚边拿出那只红枣木的烟笸子，说："四儿，卷支烟。"我则熟练地捻起一张薄薄的白莲纸，放入细碎的烟丝，轻轻一捻，用舌尖上的口水封口，掐掉烟蒂，点燃，递给父亲，看他在黄昏的光影中吞云吐雾。

2011年，国家有关部门发文要求影视剧严控吸烟镜头和烟草广告，但就在前一天发布的中国控烟协会无烟影视剧烟草镜头监测结果显示，在热播的影视剧中，七成有吸烟镜头。电影《大上海》和电视剧《悬崖》因出现烟草镜头最多获评当年的“脏烟灰缸奖”。由此看来，许多人对烟草的嗜好早已深入骨髓，某些帅酷的角色离开烟草就会显得逊色许多。

我小的时候，对烟标有一种偏爱，阿诗玛、五朵金花、金稻、上海牌、飞马、大前门，几年下来，竟然收集了厚厚一叠。但爱好总归是爱好，不能理解烟中的真味。20世纪90年代，我随同乡去渤海湾的渔船上做工，迎面扑来海水腥咸的气息，一艘不算太小的渔船在浩渺的大海里仿若蜉蝣。做工的间隙，极其无聊，同乡随手递过一支红梅烟，说：“抽支吧，男人，早晚得学会抽烟。”

明代《滇南本草》记载：“烟草，性温，味辛麻，有大毒。”同样是草木，烟草区别于《本草纲目》中的众多种属，唯其“辛麻”在凸显烟草独特的秉性。

烟，不只是一种草，当我随手拈起一支烟时，烟草的叶子在夏风中摇曳。

白茅的灵性叙事

《诗经》中的年轻男子，用一束白茅包着鹿肉，送给心爱的姑娘，可谓大胆。我胆子小，同桌女孩借了我的一本参考书，试了好几次也不敢往回要（现在那位女孩已移民澳大利亚，不知在与一只胆小的袋鼠对视时能否想起当年一样胆小的我）。白茅，这时是爱情的琴弦，弥漫着爱情的多巴胺，绿透了原野。

我们村的白茅长在老河滩上，春天露出嫩黄的芽尖，叫谷荻。“谷荻谷荻，抽筋剥皮，今年出来，明年还你。”这是村里大人小孩都会的民谣，有有恩必报之意。至于怎么报答，我到现在也没看见，怕是每个人的心里都长着一片童年的白茅吧，尖细狭长的叶片，长在水湄，也长在思乡的梦里。

谷荻叫柔荑的时候，泛黄的古籍册页里伸出一只白皙的手，纤柔的手指，有“书中自有颜如玉”之意。

母亲对白茅的记忆，源于白茅的根，茅根，也叫地筋。相比之下，我更喜欢后一个称呼，似乎大地也有了呼吸，有了血肉，知冷知热，纤细蜿蜒的地筋，在支撑大地的筋骨，也支撑着我的乡村骨肉。母亲说，那时候日子苦，吃光了田野上的野菜，扒光了村里的树皮，只有老河滩上，浅浅的土层下尚有一些茅根。晒干的茅根和榆树皮一起捣成粉，和成糊状，放在三只脚的鏊子上熥，稍稍安慰了我饿扁的肚皮。

我也曾挖过茅根，拎着一把小铲子，能在老河滩耗上一个中午。挖出的茅根，在小河里洗净，一截一截塞进嘴里，微甜，有草药的气息，也有泥土的气息。在文学表达上，只能作为语言的润色，尚不能构成叙事的主题。

最为细致的描述，应该在李时珍的《本草纲目》中。有时我想，这个身穿藏青色袍子的古人，是不是前世就是一株有灵的草木，六道轮回，被遣送回来，悬壶济世。“白茅短小，三四月开白花成穗，结细实。其根甚长，白软如筋而有节，味甘，俗呼丝茅，可以苫盖及供祭祀苞苴之用，《本经》所用茅根是也。其根干之，夜视有光，故腐则变为萤火。”这段叙述又一次将我击倒，若不是仗着尚有一点文字功底，我差点就要匍匐于茅草丛里，听任《本草》的风吹过耳畔，自己也化成老河滩上的一株白茅。

“俗呼丝茅，可以苫盖”，没错，父亲在时，就曾经用丝茅做过蓑衣。我曾写过这样一段话：“从水盆中将一束柔软的茅草抓起，用掌心轻轻一搓，上半部搓成绳子的形状，下半部留住多余的草叶，右手轻绾，打出一个漂亮的结扣。而后再抓起一束茅草，搓出短绳，右手轻绾，打出同样的结扣。这样就形成了一个半菱形的扣眼。继续，在半菱形的两个下角各接续上一束茅草，如此往复编织，绳扣相连而成的菱形扣眼就成了细密而结实的衬里；预留的草叶甩在外面，一层又一层，像白鹭的翎毛……”

至于我们村胡半仙的“神汤”，据说有降火去燥、生津止渴的功效，其实皆来自茅根的药用性理，与他的扶乩做法没有半毛钱关系。

有关《史记·孝武本纪》里的白茅，司马迁说得有些离谱。说天子刻了一枚玉印，派使者手持玉印，身着鸟羽制成的衣服，夜间站在白茅草上，五利将军也穿着鸟羽制成的衣服，站在白茅草上接受玉印，以此表示天子并不把受印者当臣下看待。这时的白茅是一种礼遇的象征，与我们村的白茅无关。

而今，再也不能听到母亲说起茅根时的唏嘘，父亲用白茅编织的蓑衣，也在风雨飘摇中远去。独留一地白茅，在季风里孤独生长，寂寞老去，完成自己简朴的灵性叙事。

米蒿，对不起

麦子飘香的当口，布谷鸟沿着节气的航线来到我们村。老祖母踮着小脚，像一阵晃悠悠的风，牵着我的手，来到我们家的麦田。土地贫瘠，麦子长得稀，像牛毛。米蒿不稀，整个麦田成了米蒿的战斗根据地。我说这是恶草，是一股不得不根除的恶势力。祖母捂住我的嘴："说归说，可不能惊动米蒿娘。"

后来，我从《救荒本草》里知道米蒿原来就是抱娘蒿。明代王西楼《野菜谱》中有诗有图有真相："抱娘蒿，结根牢，解不散，如漆胶。君不见昨朝儿卖客船上，儿抱娘哭不肯放。"听着就让人伤心不已。你灯红酒绿，你朱门酒肉，你是否看见昨天的渡船上，年幼的儿子抱着娘的腿，一边哭，一边任凭买主的皮鞭高高扬起也不肯放手。

我们村的米蒿天生地养，就像我们村里的孩子，属于粗放式管理，晃晃悠悠就长大了。长大的人多少能有点出息，长大的米蒿闻起来却有一缕浓稠的苦涩。我和老祖母在麦田里拔米蒿，好半天才拔了小小一捆，抬眼望，有的米蒿已经开花结子，在稀疏的麦田里招摇。

到底是穷人，到底是家徒四壁的光景。可再穷我们家也没到卖孩子的田地，初春，紫燕衔泥，米蒿就抱着娘的腿脚，紧紧的，不松手。老祖母把抱成一团的米蒿挖回家，择净，淘洗，在温水中焯一遍，然后挤干里面的水分，也过滤出米蒿骨子里的苦涩与伤感，以青盐、小磨香油拌而食之，竟然是一份不错的凉拌菜。

在《诗经》里，米蒿叫“莪”，莪蒿的莪，生于水边。“菁菁者莪，在彼中沚。既见君子，我心则喜。菁菁者莪，在彼中陵。既见君子，锡我百朋。泛泛杨舟，载沉载浮。既见君子，我心则休。”这是民间爱情的排比句，从遥远的上游流淌而来，有西北花儿的况味。青青的米蒿啊，生长在水边，我看见帅气俊朗的少年，心中激动不已。青青的米蒿啊，长在水中的小岛上，让我们同舟共渡吧，这一生最美好的时光。

我仔细端详过米蒿的模样，长在麦子旁，并无一丝卑微与羞怯。风吹草长，这是天地赋予万物的自由和权利。青绿的叶片，很多分蘖出来的枝叶团团抱紧在母体的周围，脐血连在一起，呼吸连在一起，心跳的脉动连接在一起。

李时珍在《本草纲目》中说：“莪抱根丛生，俗谓之抱娘蒿。”看来不是米蒿侵犯了麦子的领地，有可能是麦子鸠占鹊巢，将原本就令人同情的抱娘蒿逼进了时间的角落。

米蒿，对不起，自古穷人是一家。再见你时，我会代表这个不公的世界向你深施一礼。

黑天天

黑天天生在野地里，生在野地里的黑天天一副天生地养的样子，既不羡慕也不嫉妒别人。

这是秋天的原野，植物们在走过一个漫长的雨季之后，陷入了沉思。在这个孤单的世界上，谁曾走过我的窗前，谁曾轻轻地叫你的乳名，从此蓦然转身，消失在田野深处。

羊群在田野上吃草，衰败的野草以最后的汁液供养和善的羊群，你走过来时起了一阵风，你黑黑的脸蛋上写着熟悉与陌生。你说："看，这么多黑蛋蛋，像，像，紫色的……"我看着你因表达不清而飞起的红晕，说："像一串串熟透的葡萄。"

"是的，葡萄，那么多葡萄。"你望向不远处你家的羊群，伸出小手，手里是一颗颗珠圆玉润的黑天天，有的因慌张被挤破，流出的汁液染紫了你的手掌。

黑天天，我们叫黑蛋蛋，犹如村里的调皮孩子，翻过低矮的墙头，在无边的野地里奔跑。

我吃了你递过来的黑天天，你的嘴唇，我的嘴唇，都染上了黑天天的紫，我一辈子也不会忘记。

我们把羊群合起来，两群羊就变成一群。野地里的黑天天可真多，沿着秋天的风结了一路。就要下霜了，你说，好看的霜，如果挂在黑天天的睫毛上该有多美。

是，霜是白的，雪的白，乡下老汉胡子的白，炊烟的白，和黑天天的紫融合在一起，白里透紫，像你黑黑的皮肤，黑黑的脸。

这么多年，我再未遇到一个像你一样有着浅浅黑色皮肤的女孩，笑起来眸子里有着黑天天紫色的光芒。

《本草图经》说："龙葵，旧云所在有之，今近处亦稀，惟北方有之，北人谓之苦葵。叶圆，似排风而无毛，花白，实若牛李子，生青熟黑，亦似排风子。""老鸦眼睛草生江、湖间，叶如茄子叶，故名天茄子。"

黑天天就是龙葵，龙葵就是黑天天。那么你呢？你是和我一样生在北方村庄里的野孩子，赤脚走过秋天的田野。老鸦眼睛草，生在江湖间，北方有佳人，一株黑天天。

我是有些恍惚的，在面对一株植物时不敢正视你清澈的双眼。或许你来过，或许你只是一阵秋天的风，放牧着羊群，走过我童年时空旷的田野。

那天你走了，赶走了属于你的羊群。我的羊群显得孤单而落寞。你越走越远，像赶走了秋天的云朵，我越追越远，直到你消逝在我童年的视野。

甚至没问上一句你的名字，甚至没来得及好好看你一如黑天天的那双晶亮的眼睛。

那天回家后，我患了风热，发烧，胡言乱语。梦是恍惚的，黄昏是恍惚的，你恍惚着赶着你的羊群走过，莞尔一笑，再也不见。

老祖母采来黑天天，在黑色的药罐里整株煎熬。那是草木的药香，那是你赤脚走过野地一地寒霜的味道。是药总能祛除病疾，但记忆从来不会抹去，抹去你的笑，抹去你掌心黑天天溢出的紫。

黑天天又叫苦菜、苦葵，开淡白色的花朵，结青青紫紫的果实，微甜，多食有毒。《滇南本草图说》载："治小儿风邪，热症惊风，化痰解痉。"

天黑了，思念微苦，黑天天。

小虫儿卧单

初听到这个名字，你会不会以为是给某只不知名的小虫儿准备的花铺盖？小虫儿，其实是我们村里人对麻雀的昵称，就像一起生活多年的亲人，只叫一声小名，就能读懂彼此的眼神。

我那时喜欢在田野上游荡，夏日的黄河故道除了庄稼就是一些葱郁的草木，马齿苋、黑天天、灯笼草、狗尾巴草，都是我从小结识的不会说话的朋友。

曾看见一种草，枝叶纤柔，匍匐在黄土地上，像是耳朵紧贴大地，在倾听曾经的黄河水浩浩漫过，有风的声音，有大风卷起的漫天尘沙。我问母亲这是什么草，母亲答："小虫儿卧单，也叫花被单。"我仔细看，青紫的叶片，红润的草梗，有点像马齿苋，不过没那么丰腴。如此，是不是就能为一只小小的麻雀御寒？刚好二哥给我捉了一只麻雀，放在小小的竹笼里，我便薅了一些小虫儿卧单拿回家。那只可怜的麻雀，羽翼尚未丰满，躲在笼子里瑟瑟发抖，我说："别怕，给你盖上花被单就不冷了，等你长出羽毛，我就把你放回属于你的蓝天。"

麻雀还是死了。有时看似好心的我们其实一直在做逆天的蠢事，"子非鱼，安知鱼之乐？"我不是鸟，如何能懂得一只鸟是否快乐。之后，我再不养鸟，每当看见在笼子里啁啾的鸟，就无端替它们感到忧伤。

二娘这人，身体好，一直活到九十七，那时医疗条件还很差，二娘就一直在推荐她的草药验方，且行之有效。譬如菌痢，俗语说"好汉撑不住三泡稀"，一个五大三粗的汉子，患痢三天就会身体脱水，行走无力。二娘取新鲜的小虫儿卧单二两，煎服，每日三次，不消几日草到病除。

这是自然心生的悲悯，看颠仆在黄河故道上的我们日夜辛劳，就生出千百种草木作为我们强大的后盾。本就卑微的草木，在庄稼的缝隙间风餐露宿。有时我们为了多收上三五斗，甚至会对草木横加戕害，而它们却总以德报怨，护佑着黄土地上的我们。

每当我看见古往今来写草木的人就会产生好感，人通了草木性情，气质里就会有草木的悲悯与良善。也许这就是叶嘉莹所说的“弱德之美”，即使没有更大的力量去拯救人类，也能通过个体的自我完善，默默地将美德传递。

小虫儿卧单还有一个好听的名字，叫地锦，大地一片锦绣。杨万里在诗中写：“地锦花铺地锦衣，碧茸上织紫花枝。垂杨舞罢莺停唱，不卷华细待阿谁。”地锦花开，铺满田野，清明过后树枝上绽开了紫色的花瓣。垂柳舞动，夜莺歌唱，而你还在天青色的烟雨中等谁?

此外，我们村如果谁家媳妇在哺乳期奶水不通，辄取小虫儿卧单干草七钱、公猪前蹄一只炖汤，以汤煎药，去渣，兑甜酒100克，温服。此方记录在《民间草药》中。

奔跑的苍耳

我在秋日的田野上放羊，苍耳站在空旷的野地里看云，但不抒怀。抒怀有时是一件相当无用的事情，“诗最是于事无补”，这是苍耳也能读懂的浅显道理。羊低头不停吃草，也不嫌弃草叶已经枯萎，像我写作时不能停下手中的笔。

苍耳子，一看就是一个调皮的乡下孩子，总有很多办法。身上的尖刺就是苍耳的办法，可谓一劳永逸，粘在羊身上，随便走到某个地方，落地，被泥土掩埋，来年便能长成一株葱郁的苍耳。这种方法和我们年少时的促狭作为大抵相仿，采来几枚苍耳子，偷偷放在女同学的头上，被班主任叫去办公室，站了大半晌。

《诗经》里的苍耳，不得已担当起怀人的重任：“采采卷耳，不盈顷筐。嗟我怀人，寘彼周行。”采呀采呀采卷耳，采来采去怎么就是采不满一筐，于是把一腔怨气都撒在苍耳身上。放下盛放卷耳的竹筐，跑到大路上，还是看不见良人的身影。这是中国文学的传统笔法，把个人的某些情感寄托在一株小小的植物上，以物起兴，睹物思人。如若生长在田野上的苍耳有灵，一定会在良人归来时站在高岗上，挥舞绿色的衣袖。

苍耳之所以被称为苍耳，《尔雅》中有颇为详细的解释：“卷耳，菜名也。幽、冀谓之袒菜，雒下谓之胡枲，江东呼为常枲。叶青白色，似胡荽，白花细茎，可煮为茹，滑而少味。又谓之常思菜，伧人皆食之。又以其叶覆曲作黄衣，其实如鼠耳而苍色，上多刺，好着人衣，今人通谓之苍耳。”常思，应该与《诗经》中采卷耳的女子有关，采罢卷耳归来，稍稍平复下思绪，一看见青瓷盘里的卷耳菜，又悲从中来，陷入无尽的思念。

记忆中我母亲也曾做过这种菜，凉拌上桌，味道并无奇异之处，只是有淡淡的草木香，夹杂一丝黄河故道特有的土腥味儿，像大风天尘沙吹进嘴里，牙碜。

我对苍耳最深的记忆来源于一起莫名的事件——年少

时一起放羊的伙伴二黄之死。二黄住姥姥家，面黄肌瘦，有人说二黄的妗子抠门，不舍得让二黄吃饱。那天我们在空旷的田野里，决意品尝一下苍耳子的味道：有种略带一丝苦味儿的香，我只吃了几粒便感觉无趣，二黄却竟然寻遍了田野，说是这辈子吃得最饱的一次。

是夜，二黄娘从几里外赶到我们村，二黄已经停止了呼吸。后来，我无意翻阅到有关苍耳中毒的资料：苍耳子中毒，严重的可造成死亡。误食苍耳子过量，可引起头晕、呕吐、嗜睡或烦躁不安、瞳孔扩大等症状；严重者可损伤肝肾，造成肝大、黄疸、广泛性出血，甚至会导致昏迷、抽搐、心力衰竭、呼吸及循环系统衰竭而死。

这是夺命的苍耳，与林洪《山家清供》里的进贤菜有天壤之别。《毛诗序》释《卷耳》曰："《卷耳》，后妃之志也。又当辅佐君子，求贤审官，知臣下之勤劳。"后为林洪所引用，将这道苍耳做的菜肴称为"进贤菜"。依我看，有点拉郎配，三句离不开君君臣臣的忠君思想。

说了这么多，其实我们村的苍耳除了放在女同学头上、凉拌而食，实际上并无多大的用处。但谁也阻止不了苍耳奔跑的脚步，一枚苍耳子附在羊身上，等于有了免费的交通工具，可以游历村里村外的各个角落，栉风沐雨。

这也是草木生长的最好姿势。

狗尾巴三部曲

狗尾巴草长得很形象，像一条条在风中招摇的狗尾巴。你唤，狗尾巴愣是不言不语，守望在故乡的土地上，像一群眼巴巴等娘回家的孩子。转眼就到了秋天，狗尾巴望穿秋水也没看见有谁过来，只有一缕长风安慰那旷久的离别与忧伤。

小时去田间薅草，是母亲给安排的一项硬性任务。说是任务，可到后来草只盖住草筐底儿。二姐、三姐早已在小河里淘好喂牛的野草，就趁着月明用铡刀铡草，顺便切断了很多月光，零零碎碎在院子里流淌。

狗尾巴草是莠草的俗名，就像二大爷被人喊了一辈子“二烧鸡”，并非贬义，是二大爷去了一趟新乡，给队里买牛，捡到一只道口烧鸡，回来后近乎魔怔，到处说世间竟然有那么好吃的食物。还说，等以后有钱了就天天吃烧鸡。

“莠”这一称呼就比狗尾巴显得秀气，长在谷子地里和谷子赛个头。我不知道莠草和谷子的区别，母亲让我薅田里的杂草，我却薅了很多谷苗。这个当口，莠草肯定在笑话我，笑我谷子大点的个头也想逞能，笑我刚断奶的年纪就想学会庄稼活儿。

我那时没看过《本草纲目》，所以不认识莠草也没啥惭愧。“莠草，秀而不实，故字从秀。穗形象狗尾，故俗名狗尾。其茎治目痛，故方士称为光明草、阿罗汉草。原野垣墙多生之。苗叶似粟而小，其穗亦似粟，黄白色而无实，采茎筒盛，以治目病。‘恶莠之乱苗’，即此也。”这是李时珍记下的，大概他小的时候也没少挨母亲的骂，于是发愤图强，决定尝遍世间百草。

我没有这样的勇气，只会坐在田间地头揪莠草的狗尾巴，一只两只很多只狗尾巴编结成年少时的草帽，看夕阳给狗尾巴们镀上一层金色光芒。据说，狗尾巴花的花语是坚忍、不被人了解的爱，也叫暗恋。一朵乡间的狗尾巴花，也有属于自己的梦想，也曾站在故乡的高岗上许下心愿，愿某年某月某一天邂逅自己心仪的女子。

心仪的女子也不是没有，在《诗经·小雅·甫田》里就能找到有关爱的注脚。“无田甫田，维莠骄骄。无思远人，劳心忉忉。无田甫田，维莠桀桀。无思远人，劳心怛怛。”也别耕种了，就让长满莠草的田野像我此时的心境般荒凉吧，到处能听见狗尾巴草的窃窃私语。没有爱情的日子荒芜透了，只剩下镀满金色光芒的狗尾巴花，你看我再也不会思念远方的你了，再多的牵挂也是徒劳。

这有点“为赋新词强说愁”的味道，明明暗恋上了某个人，偏要正话反说，情思漫漶，在长满莠草的荒野。

此外还有一个词叫“良莠不分”，我估计说的就是年少时的我，分不清谷子和莠草，白长了一副庄稼人的空架子。在现实意义中，可解释为有更纯粹更有意义的事情不去做，偏偏跟在某些锥子脸的网红们身后摇旗呐喊。人间正道是沧桑，黑是黑，白是白，再炫你也成不了外星人，还得吃老祖宗种下的粮食，还是那副人间烟火的皮囊。

狗尾草另有“葽”这一别称，非妖精的“妖”，狗尾草质朴单纯，绝不做怪力乱神之事。“四月秀葽，五月鸣蜩。八月其获，十月陨萚。”只是清灵灵从我们村的晨雾中站起，从《诗经》的千年柔波里湿淋淋上岸，十足一个乡间少年的模样。

蒺藜能解郁

蒺藜的古称又叫茨，茨冈人的茨。

有关茨冈人，不同的地域有不同的叫法，英国叫吉卜赛人，法国叫波西米亚人，西班牙叫弗拉明戈人，到了俄罗斯才称其为茨冈人。在南斯拉夫有“没有茨冈人就不能称作城镇”之说。借用这句话，蒺藜也可以说成“没有蒺藜的土地就不能称作土地”。

我们村的田野上到处可见蒺藜的芳踪。说是芳踪，其实小时候没少吃蒺藜的亏，那时喜欢赤脚，一是省鞋子，二是赤脚走在田野上的感觉更轻松，像是肋间生出了一对翅膀，像飞。飞着飞着还是被蒺藜扎了脚掌，疼，汗珠子直往下淌。不过蒺藜比较好说话，扎进去拔出来，绝对不留残余势力。不像仙人掌，纤细的毛刺看着拔出来了，却还有一段永远留在肉里，刺随肉长。

《尔雅》说蒺藜喜欢长在沙土地，刚好我们村的南岗子坐落在黄河故道上，更适合草木里的吉卜赛人繁衍生息。入夜，或许你会看见匍匐在地上的蒺藜们直起腰身，身穿波西米亚风情长裙，拍着手鼓，翩翩起舞。四周是流淌的月光，缥缈的虫声。

我仔细端详过成熟之后的蒺藜子，呈有规则的雪花形状，只是少了一个角。每个角分为上下左右四个尖刺，像拐子流星锤，甩起来呼呼作响，保护着尚在孕育中的蒺藜娃儿。

《晋书》曾记载这样一段故事：魏青龙二年（234），诸葛亮率兵十余万出斜谷，西上五丈原，与魏军对垒。双方对垒百余日后，诸葛亮病死，蜀诸将烧营而走，百姓奔走相告，司马懿出兵追击。出发前想到关中多蒺藜，能伤人、马之足，便命士兵两千人穿软木材做成的平底木屐在前面走，蒺藜果实粘在木屐上被带走，然后大队步兵、骑兵一齐顺利前进，追到赤岸，从百姓口中证实诸葛亮确实死了。这时蜀军已撤退。

这是学过《孙子兵法》的蒺藜，比我们村的蒺藜高明。我们村的蒺藜善文，也更体察民情。

叶天士在《临证指南医案》中有过详细说明："用以开郁，凡胁上、乳间横闷滞气，痛胀难忍者，炒（蒺藜）香入气药，服之极效。余屡服之，兼以治人，皆愈。"可见蒺藜作为一种行之有效的民间验方，可解郁。

当下的生活节奏，对大多数人来说慢下来几无可能，为了房子、车子、票子马不停蹄也不能看见一丝光明。有关传统美德的丧失，有关道德仁心的考量，有关声色犬马的湍湍洪流，已然到了某个重要的隘口。是什么让我们积郁于胸？又是什么让我们失去了故乡的所在，成为无家可归的孩子？

叶天士又说："盖其气香，可以通郁；而体有横刺生，故能横行排荡。"看样子，唯有我们村的蒺藜，这些在黄河故道上流浪的"吉卜赛人"能治愈我们的现代病。

只不过前提是，要赤脚在我们村的南岗子走一遍，如此才足见其诚心。

芦苇的辩证

所谓蒹葭，即芦苇的别称，来源于《诗经》。《诗经》里的芦苇来得苍茫："蒹葭苍苍，白露为霜。所谓伊人，在水一方。"每当吟诵时，眼前必是一片苍茫的芦苇，彼岸，还有一位绝色的美人，影像飘忽。

我读到这首诗时，年岁尚小，只能从字面上理解，以为凡是有芦苇的地方就有一位清丽的女子，眼含秋水，柾凝眉。

我们村前有一条小河——与很多文学作品里表述的差不多，小河几乎成了故乡的符号。但并不是每条小河里都生长芦苇，也并不是每个人的故乡都有一片青青的芦苇坡。我和童年的伙伴二蛋，一路蹚着泥水来到芦苇坡（其实这是另外一个村庄的属地，在那个村庄的孩子们眼里等同于他们家的私有领地，外人到来就是侵犯）。芦苇丛里有鱼，有孵蛋的翠鸟，也有两个村庄的孩子们青涩的对峙。

我们和另外一个村庄的孩子们打了架。原因是二蛋多看了几眼他们中间一个长得清秀如芦苇的小姑娘。约架者是个皮肤黝黑的家伙，从河水中赤脚上岸，像一头勇猛的小牛犊，磕巴嘴，说："看——看——看啥，找——找——找揍——是——是吧。"二蛋跟着学："看——看——俺媳妇，要——要——要你管。"俩人就菟丝子般缠在了一起，憋红脸半个时辰也没分出胜负。约定，过几日放羊时再打一架。

后来那个清秀如芦苇的小姑娘成了二蛋媳妇，黑小子成了二蛋的大舅哥。要我说，是小河里的那片芦苇坡早就有了当月下老人的念想，缠绵的风里，牵出一条细细长长的红线，能拴住人的一辈子。

有关芦苇的考证，《梦溪笔谈》中以为芦、苇是一物，药方中用的是芦，而不是荻。然而江南的荻通称芦，所以自己明白就好。清代吴其濬在《植物名实图考》中说的很详细："强脆而心实者为荻，柔纤而中虚者为苇，泽国妇孺，了如菽麦。"但南方多荻北方多苇，北方人植苇于低洼沼泽，采芦苇的嫩芽做蔬菜，叫苇笋。

我无意去探究长在历史册页中的芦苇到底什么模样，也无意去惊动《诗经》里那个“在水一方”的伊人，我只知道在我们村，有关芦苇的几种实用主义层面的表达：

一、做苇薄。细碎的日光穿过窗棂，抚摸着芦苇光洁的皮肤，这时的芦苇有屏风的价值与含义：苇薄以里，是乡村儿女羞怯的光阴，从婴孩到童年，再到懵懂的年少时节；苇薄之外，是裸呈的辛苦与清贫，眼看着父亲母亲，皱纹一丝丝爬上眼角，霜雪染白了鬓发。

二、苇叶可做粽。在芦苇年少时，采来青绿的苇叶；端午的艾草，青嫩的叶尖在田野上摇曳。青与白，植物的清甜与谷物的芳醇，凝聚在小小的苇粽里，伴我们走过节气的廊桥。

三、芦根可入药。我那时年岁尚小，父亲早早患了痨病，天冷天热止不住地喘，胸膛里像有一只总在抽动的风箱。母亲在初春的清晨，赤脚入水，采来刚刚萌发新芽的芦根，在药锅里熬。这是面带愁容的芦苇，见证了父亲和母亲的乡村爱情，也见证了我们家风雨飘摇的一幕。

四、编草鞋。我们村曾是远近闻名的草鞋村，村子里的很多人一度以编织草鞋为生。编草鞋的主要材料就是芦苇花，也叫荻花。将收割来的荻花放在温水中烫，再用木棍擀轧直至柔软，用麻绳交错编织，快者大约半个小时就能编出一双草鞋。风雪呼啸中，脚穿草鞋走过故乡的冬天，咯吱，咯吱，洒落一路荻花的絮语。

帕斯卡尔是一位天才的哲学家，曾经说："人是一支有思想的芦苇。"我看需要两面看待：一种人有境界，有思想，有我们村前芦苇谦虚谨慎、戒骄戒躁的作风；另外一种只属于墙上芦苇，根底尚浅，头重脚轻，一如现在的我。

慢时光，牵牛而过

闭上眼，就是那些缓慢的时光：土墙在村子里蜿蜒，夕阳落在树杈上，一群羊披着晚霞从老河滩走到村口，向时间流逝的方向张望。这时，需要一头牛从田间归来，一声悠远的哞鸣扯下连天的暮色。父亲走在后面，一挂犁杖拖在牛的身后，我牵着牛，牛绳松松垮垮，分不清主谓宾定状补，更看不清时间的来龙去脉。

牵牛花就败了，收起滴滴答答吹奏一天的唢呐，依靠在土墙上，小心翼翼，看一只壁虎沿着牵牛花藤的根部攀缘而上。它要去哪里？时间不可能给你最好的解释。在我有关童年的记忆里，一只壁虎终日无所事事，趴在房梁上，爬在树枝间，沿着院子里的一根晾衣绳，晃晃悠悠，表演高空走钢丝的绝技。

时间噤声，牵牛花刚要伸展的一只触角也停止了动作，怕有一丝风吹草动，打乱壁虎快乐的夜之旅程。

《源氏物语》中，牵牛花属于朝颜的一种，这名字听来便觉得轻灵，像一位巧手佳人，“蹴罢秋千”，起来“慵整纤纤手”，准备一天的清新绽放。我家的牵牛花也是，每当紫槐树上的公鸡报过更次，月光的手臂从木格窗棂悄悄收回，“啵”的一声，晨曦的空气里传来轻吻的声音，沿着土墙最高的那枝，便开放出一朵紫色或深蓝色的喇叭花。

所以，牵牛花在我们村也叫勤娘子，与蟋蟀被叫作促织有异曲同工之妙。唯一不同的是，牵牛花说的是早晨，村里的女人掖了掖儿女的被角，看一眼熟睡中的男人，便去村口的老井里汲水。老井旁有一树老梅，“年年岁岁花相似，岁岁年年人不同”，就这样看着村庄里的儿女一天天长大，归去来兮。而促织说的是傍晚或夜深，忙碌了一天的女人取下头上的发髻，就像放下一挂流泻的飞瀑，坐在纺车旁或织布机上，殷勤编织流年的光影。

（我蓦然发觉自己陷入时间的纵深，就像一粒沉入地下的莲子，不想醒来，不想睁开单纯的眼睛，看穿这世间的光怪陆离。也许在时间的背后，每个人都有一条逆向行驶的道路，逆着时间的方向，逆着车窗外迅疾倒退的树影，驶向下一个站台——灵魂驿站。）

牵牛花的名字有两个来历。一是来自唐慎微的《证类本草》，说一位农夫因为服用了牵牛花的种子而治好了多年的痼疾。出于感激，牵着自家的耕牛到田间拜祭，遂名牵牛子，在文学表达上属于现实主义。一说是因为牵牛花的内部有星状花纹，花期刚好与牛郎织女相会的时间契合，缓慢的时光中，牛郎和我一样牵着那头与他相依为命的老牛，去看望银河那边的织女，这类似马尔克斯的魔幻主义手法，寄情于我们村的一株牵牛花，以表达对爱情的坚守与忠贞。

还有一种花，和牵牛花是近亲，只是在形态上稍有不同。五月的麦田，老祖母拄着拐杖在麦田里寻找打碗花，说是要用打碗花的根和鸡屎藤捣碎在一起做糕，来治疗我的面黄肌瘦（其实我后来查阅资料，发现牵牛花与打碗花的药效几乎没什么不同："泻下、利尿、消肿、驱虫。"）。

只是打碗花的身世有些凄凉。说是很久以前，有一个富人家的丫鬟，在富人生日那天做了一碗长寿面，一不小心将碗打落在地。歹毒的富人一怒之下把丫鬟活埋在路旁，第二年，活埋丫鬟的地方就长出了粉红色的打碗花。老祖母一边说，一边用衣襟擦拭眼角，仿佛那个悲惨的画面在老祖母心里一直生动、鲜活，像一朵朵欲语还休的打碗花，说不尽满腹的凄怆。

由此可见，在牵牛而过的缓慢光影里，总有一些草木在以清澈的眼神挽留着什么，诉说着什么。只怕快节奏的我们，来不及，谛听大地的母语。

拐棍儿为什么这样红

拐棍儿长在我们村的小河边，秋风吹着，雁鸣打了一个寒战，意思是秋天到了。秋天的小河水格外柔，像俊美的小媳妇正在河面上照镜子，默想外出打工的男人，一片秋叶落下，搅扰了小媳妇安静的心绪。一样搅乱的，还有拐棍儿红红的花影，像碎了的夕阳，片片闪烁，直让人心碎。

拐棍儿其实就是红蓼，“山有乔松，隰有游龙。不见子充，乃见狡童”，顺着《诗经》的河顺流而下，一直流进我们的村庄。《诗经》里的红蓼，给人高大上的错觉，隰指的是低洼的湿地，红蓼就是从湿地中升腾起的一条游龙，游龙戏凤，恰好有狡童。看来古代也不乏没有良心的男子，一位遇人不淑的女子，只能站在空旷的水湄，哀叹自己坎坷的命运。

作为证人的红蓼无可奈何，只能从春到秋孤单地生长，看见过繁花盛景，也经历过秋叶飘零，于是一狠心串出一枝枝红，像一条条警世的红线。红灯停，绿灯行，蓼中也有开绿色花朵的，浅浅的绿，莹莹的绿，通透的绿，像是解透了红尘密语。

只不过我在我们村从来没见过，我们村只有红蓼，只有土名叫作拐棍儿的那种。

既然叫作拐棍儿，我想肯定能做成一根拐杖。微微凸起的茎节，结实中空的蓼茎，把最粗的那根枝条用铁丝勒弯，然后破坏性地折去繁盛的旁枝末叶，再然后就是在漫长的节气中等待。那时节，父亲已经瘫了半个身体，如同纸片人在村子里飘来荡去，我想做的，只不过是给父亲找一根趁手的拐杖，以便他能顺顺当当走完未尽的乡野里的阡陌。

父亲不认识红蓼，父亲放牧的羊群一百次走过红蓼的身边，也只是斜了一眼。羊群缓缓，像一片洁白的云朵飘过老河滩。红蓼看着，一百次看父亲和羊群走过也默不作声，只待秋天。

我总是不理解中国的文人雅士如何独爱悲秋，直将一阵秋风刻画成心底的一道伤痕，直将一场秋雨写意成满脸泪痕，才作罢，才坐在一片残荷里吟诗赋词，才“独上高楼”，慨叹“何事秋风悲画扇”。我们村里的人不会这样，秋天到了，谷物经过漫长的一季亟待收获，棉花像一片片从天空飘落田野的云朵亟待采摘，父亲又拧着他纸片一样的身影，很不和谐地混入了劳动大军。

我呢，拎一把砍刀去找拐棍儿。还好，红蓼仿佛知道我的心事，一季光景就长成了一支真正的拐杖，尚擎着一串红。那根拐棍儿从此成了父亲的另一只手：放羊，拐棍儿扬起，羊们就知道顺着芦苇滩里的一条羊肠小道走进老河滩的腹地；喂牛，父亲用拐棍儿拌料，牛伸出粗糙的舌头卷了一下，似乎就明白了父亲“养牛千日”的用意。

相比之下，诗词里的红蓼就长得太秀气。我的一家子，宋祁，写过一首《红蓼》：“花穗迎秋结晚红，园林清淡更西风。织条尽日差差影，时落钓璜溪水中。”是说水岸边的红蓼用红红的花穗迎接秋天的到来，园子里的花花草草都淡了，只有红蓼尚在垂钓，不知道能否钓得出一枚玉璜（这里的钓璜有臣遇明主、君得贤相之意）。此外还有陆游的《蓼花》：“老作渔翁犹喜事，数枝红蓼醉清秋。”看来老夫子也算是看得开之人，桑榆晚景，独对数枝红蓼，此心安处是吾乡。

其实红蓼最早的出处是《楚辞》：“桂蠹不知所淹留兮，蓼虫不知徙乎葵菜。”是说红蓼里的蓼虫有点傻，不知道迁徙到味道甘美的葵菜上去，所以才长得那么瘦小。由此，古人将蓼和葱、蒜、韭、芥并称为“五辛”，煮鱼时把红蓼塞进鱼腹去腥，也入了庖厨行当。

这与我们村的拐棍儿无关。父亲走时，我想把那根陪伴他多年的拐棍儿放在他身边，却遍寻不见，怕是已经跑去老河滩，长成一株野风中的红蓼，于某个秋日，蹿出红红的蓼花。

地黄之书

从字面上来看，生地是指一个人的诞生之地，一个人在某个村庄诞生，从此就有了这个村庄的气息，包括夜里行走的脚步，也裹缠着故乡的蛙鸣与虫鸣，眼神中时时闪现的是故乡的草木与谷物。

在这里，我说的生地其实是故乡一种不起眼的植物，地黄。我和一株低矮的地黄相遇，在村前的老河滩上。老河滩的沙质土壤尤其适合地黄生长。我看着它，毛茸茸的叶片有一种暗的绿意，好像绿得并不畅快，也不张扬。它看着我，一滴露珠倏忽跌落，仿佛因我的到来而觉惊悸。

小时候，祖母用地黄的叶子做菜托，应该是出自饥荒年代的疗饥宝典《救荒本草》，加面粉，调成糊状，入锅，煎至金黄。记忆中我只吃过一次，有点苦，有点甜，并非乡村食物谱系中的经典。又有冷淘一法，来自唐代月光下的诗人杜甫：“青青高槐叶，采掇付中厨。”诗中说的是槐叶，祖母用的是文学里的借用意境之法，采来地黄苗，收汁，和进面里，柳木擀杖来来去去，就有了一锅绿意盎然的地黄面。

生地与熟地，其实都是地黄生下来的孩子，刚采收的叫作鲜地黄，晒干，烘焙至内部逐渐干燥而颜色变黑，八成干时即可取出，这时的地黄全身柔软，可以任意揉捏，为生地。生地加黄酒，入笼蒸至黑润，就可以称为“熟地”了。这有些像我的年少时光。我那时尚且青涩，十八九岁的年纪便离开故乡，到一个陌生的地方，骨子里尽是来自乡下的自卑，看城市须仰望，街上走路总是低着头匆匆而过。时间是一座大熔炉啊，火候也刚刚好，二十几年过去，我由“生地”变成了混不吝的“熟地”，面孔黑润，最直接的好处，就是写下的文字飘着一股淡淡的药香。

在这里我不得不赘述一下黄酒。就在前几天因事到江南，遇年少时同学，同学上火，口腔溃疡，滴酒不沾，我便喝黄酒。黄酒色如旧年时光，不只通经活络、活血驱寒，还有疗补记忆的功效。往事如胶片纷至沓来，两瓶下去，竟有些微醺，灯光泛黄，面孔泛黄，同时泛黄的还有朦胧的江南烟雨，悬凝成露，跌落眉梢。

如此，你便能想象经过黄酒浸润的地黄，舒展筋骨，在暗夜中慢慢苏醒，抵达脏腑。六味地黄丸，单听名字就有一种古意扑面，说明书上说：“滋阴补肾。用于肾阴亏损，腰膝酸软，骨蒸潮热，盗汗遗精。”这就是现代病啊，为了车子、房子、票子日益奔波的人们，一旦停下脚步，就会听见身上各种零件七零八落的声音，穿的是名牌，抽的是好烟，开的是名车，住的是高楼，到最后还不是求告于乡野中那株低矮的地黄。

《神农本草经》说：“今人惟以怀庆地黄为上，亦各处随时兴废不同尔。地黄初生塌地，叶如山白菜而毛涩，叶面深青色，又似小芥叶而颇厚，不叉丫。叶中撺茎，上有细毛。茎梢开小筒子花，红黄色。结实如小麦粒。根长三四寸，细如手指，皮赤黄色，如羊蹄根及葫萝卜根，曝干乃黑。”

叫我说这哪是怀庆的地黄，分明是我们村老河滩上的地黄，一株株在鸟鸣中醒来，舒展暗绿色的叶片，大大方方上路，走进我的纸里，遂成一篇《地黄之书》。

远志，小草的志向

远志在我们村不叫远志，老祖母称之为小草，我有点恍惚，满地都是小草啊，荠菜、节节草、狗牙草、水稗子，为什么唯独把它称作小草？

多年后的今天，无意中翻看南朝宋刘义庆的《世说新语》，说东晋谢安，一开始隐居东山不出，后来下山做了桓宣武的司马。当时有人给桓宣武送了不少草药，其中就有远志。桓宣武问谢安：这种药叫远志，为什么又叫小草，一株草两个名字？在场的郝隆立即回答：“处则为远志，出则为小草。”是为讥笑谢安之意。

由此看来，一株不起眼的植物也有出世入世之说，入世为药，性温，味苦、辛，具有安神益智、祛痰、消肿的功能；出世则为草木，生在山野乡村，聆听鸟语虫鸣，笑对春风秋雨。

我小时当然不解其意，以为是一株杞柳长在老河滩上，根据地不大，倒也自成一片天地，狭长的叶片如游荡在时空里的小鱼儿，总状花序，开淡紫、淡粉色小花，有蜂蝶周游其间，嗡嗡缠绵，有蛇与鼠善于地下活动，拨开草丛，看流云飞过长天。有时想，做一个微不足道的生灵也好，遁迹山水间，饮的是滴露清泉，吃的是遍地药香，想像现代人那样坐在“吊瓶森林”里也没有机会。

快节奏的生活方式催生了各种疾病，据统计，2009年全国医疗输液104亿瓶，相当于13亿人口每人输了8瓶液，远远高于国际上人均2.5至3.3瓶的水平。我听着觉得惊悚，有些病并无此种需要，伤风感冒，跌打损伤，于山野间采撷几株青灵灵的野草，足以对付身体的病痛，而不至于沉陷在一片吊瓶的森林里——此森林无幸福指数，无草木之灵的温暖。

我少无远志，熟悉故乡的一砖一瓦、一草一木，熟悉东邻西舍憨厚的土语方言。我以为，一座村庄便是一片田野的一部分，我们和虫蚁一样生活在草间，用泥土构筑低矮的院落，用姻亲沟通彼此之间的血脉，世界很大，但我们并不需要太多，春有野草，秋有谷物，冬有御寒的土布棉衣，这足够支撑起我们质朴简单的生活。

但是，我对又名小草的远志胸有远大的志向毫无异议。比如龚自珍，有《远志》诗：“九边烂熟等雕虫，远志真看小草同。枉说健儿身手在，青灯夜雪阻山东。”意思是说，我纵然通晓兵书，也熟悉边疆的作战地形，可是却得不到朝廷重用。所以空有抱负，也只能像名字叫远志的小草那样，放逐于山野，被大雪封阻在山东道上，不能前进丝毫。

这是一腔热血的远志，与我们村的小草几乎没什么关系。老祖母习惯将植物的功用发挥到极致：采来远志嫩苗，热水焯熟，浸去苦味，淘净，油盐调食。不过需要注意的是，必须在焯水后去除根里面的芯，这样方可食用。不然，食芯，令人心闷。（看来到底是心有千千结，心有远大志向而不能施展一身本领，即使一株小草也会积郁于心。）

《本草纲目》中的远志，“生太山及冤句川谷”。冤句古属兖州济阴郡，离我家不远，废于南朝宋时。“治咳逆伤中，补不足，除邪气，利九窍，益智慧，耳目聪明，不忘，强志倍力。”

我读书囫囵吞枣，不求甚解，一是记忆力实在不怎么样，再者每日给客人理发占用太多时间。所以直接产生的弊病就是写作时煞费脑筋，常常不知如何下笔，如此看来，以后决不能忽视老河滩上的这株远志，一株小草尚且有远大的理想抱负，我求其次，能借远志的启迪在文学之路上踟蹰而行便可。

不知远志君以为可否？

着一袭青苍归来

我以为青苔就是时间在村庄留下的痕迹，日头东升西落，月亮也跟着唱和，就是不肯在村庄留下任何蛛丝马迹。树有时间概念，但藏在心里不说，二大爷和二大娘站在河堤口拉大锯，这才看见了代表时间的年轮。那些弯弯曲曲的年轮，肯定记述着村庄里发生的事情，哪一个转弯的地方添了一口男丁，哪一个直如破折号的地方是受灾的年景，树隐忍着，提供了绝大部分树皮，以供村人度过荒年，来年勉强发了新芽。

青苔长在土墙上，起到一层保护作用。村里那些蜿蜒的土墙，一到雨天就战战兢兢，怕被一阵风吹倒，怕被一场雨淋垮。青苔小心翼翼望着等同于自己身高一万倍的土墙，努力往上爬，终于站在土墙顶上，临风而立。所以长了青苔的土墙大都是有些年头的。新墙不成，青苔远远看着尚未修炼到一定级别的土墙，就像望着在胡同里蹒跚学步的孩子。

村里的老井，是活在村庄里的一个老妖精，照天，照树上的云彩，也照人的影子。人影在水面上摇摇晃晃，老井便能看出谁心里有鬼。心里有鬼之人站在一口老井前，往往会腿肚子转筋，会努力别过脸去，尽量不让老井看出肚子里的小九九。其实老井明白，谁做下的事情，就由谁负责最后的结局，无论是好是坏，都要有个交代。修炼成精的老井，最直接的标志就是井口的青石板上长出厚厚的青苔，一下雨，又湿又滑，似乎真的想把心怀鬼胎之人拖下井去。

我也怕，小时候看见新疆来的二斤哥床头放着一本连环画册《聊斋志异之聂小倩》，偷了读完后据为己有，去井边打水时脚下一滑，差点跌下去，悔青了肠子。

老屋上铺着一层层老瓦，像一排排鳞片，闪着靛青色的光芒。我知道，那是时间做了一层铺垫，有千年不老的瓦松在踮着脚尖跳舞，月光下，一袭魅影犹如绝世的精灵。瓦松不怕长满老瓦的青苔，脚下有根，唇间有露，腰间缠着村子里的风霜雨雪。有一夜，我们在六奶家的院子里捉迷藏，夜色黑得黏稠，似一碗玉米糊糊那般黏稠。六奶最小的儿媳妇，说一口流利的东北话。玉米糊糊顺着我的肚皮往下淌，只听她哏儿哏儿的东北口音在夜色里一惊一乍。六奶说："上房！"便有人搬来梯子爬上屋顶，取一带青苔，以豆油调和，抹在玉米糊糊流经的肚皮上，据说这样可治烫伤、火伤。

流年有幸，遇见一袭青苍的青苔，以至于童年未曾留下难看的疤痕。

宋代的叶绍翁，属于小气之人，没有游到园子就说《游园不值》。我那时以为不值是指时间而言，趿拉一双木屐，走了十几里山路，到了门口一看主人不在，真不值。幸好叶大人大人有大量，木屐踩在青苔上尚有一份怜悯之心，敲了半天破旧的柴门也没一丝风吹草动，正准备打道回府，冷不丁看到一枝红杏伸出墙来，算是"值了"。我这是以小人之心度君子之腹，出身寒门的青苔肯定看出些人世端倪，一边是石阶上的千年寂寞，一边是一枝红杏的蠢蠢欲动——不可说，不可说，怕谁一语泄露天机。

这是静的青苔，以不变应万变，参透了人生玄机。刘禹锡家的青苔是动的："苔痕上阶绿，草色入帘青。"就连那连绵的青草也爬上窗台，看陋室里射入隐隐的日光。我还是很期盼那样的日子的，于青苍田野间，建一爿属于自己的小小居所，虽然简陋，但偶有文学同好造访，侃一会当下时势，吹一番东西文章，饮一壶花间浊酒，诉一次冷暖衷肠，亦不失为一桩雅事。

青苔爬上墙角，青苔爬上窗台，青苔从屋檐上借助一茎枯草金钩倒挂，看时间在弥漫的书香中游走。甚至房间的名字我都起好了，叫“一粒谷斋”，实因曾出版了一本小书《住进一粒粮食》，不妨就在一粒谷物中度过余生。

青苔是属于乡野的，断不会出现在高大上的城市，即使是角落，青苔也会郁闷。出门是扰乱心神的“车如流水马如龙”，上路是层层一如魔障的PM2.5，梦中是隔壁K歌房里的鬼哭狼嚎，醒来是被灯红酒绿分割的断简残篇。青苔执意住在我们村，六奶走后，一爿老屋在风雨中摇曳，转眼又过了三十几个春秋，土墙上，门楣上，包括堂屋门前的那株老榆上，和一排排一如青色羽翼的老瓦上，都能看见青苔的芳踪。

今日与友人聊天，说到苔藓，遂成一首小诗《苔藓森林和拇指姑娘》：“醒来，在青苍的苔藓森林/你率着蚂蚁大军/走向叶子的悬崖。风吹着/一粒水稗草的绿色旗帜

/在清晨猎猎作响。拇指姑娘/一枚琥珀的望远镜/发现旧年的时光。浮游生物/在孵化，出生，在以梦的方式/繁衍家族。水鸟张开翅膀/不过是一只在阳光下苏醒的蚊蚋/发动机轰鸣，投落蚕屎的炮弹/炸开露珠的晶莹。我蹲着/蹲坐成一粒朴素的谷物/五岁，是一个孩子与万物/交流的最好年纪。灵魂出窍/以白鸽的羽毛为飞毯/和你一起穿越苔藓的林梢。”

那么，就当我是一个离家多年的孩子吧，穿越层层迷障，着一袭青苍归来。

苘，一段乡愁的源起

苘，原本应该写作苘麻，因麻另有所属，怕混淆视听，苘不愿意。有一段时间，苘在我们村遍地横生，大有星火燎原之势。我们熟悉苘，是因老河滩上有一坡滩地，随手撒下一把苘籽，夏天就长成了蓊郁的一片。苘没麻个子高，叶茎柔软，抚之，有女子肌肤纤嫩光滑的质感。

用苘做游戏，有以下三种：

其一，左手食指与大拇指微蜷，放一片薄薄的苘叶，以右手掌心叩击，有清脆的爆裂声。

其二，拔下整株苘，用来做牧羊鞭。上段剥皮，编织成麻花辫状，辫梢留三寸，为鞭梢；底部留有尺余茎秆，方便手执。老河滩上，常见一个乡村少年，挥起手中的鞭子，鞭哨清脆响亮，只作为牧羊工具，警告它们不得僭越，不得爬上河滩啃食别人家的禾苗。（若是当下的贪官身后也有那么一把无形的苘做的鞭子，我想也不至于被揪出来时藏匿的黄金字画美元无数。）

其三，抽陀螺。到现在，我还以为抽陀螺是世上最好玩的游戏。一根红枣木，削削砍砍，便成陀螺；有的比较有创意，还会在陀螺的顶端嵌一粒钢珠。抽打时，人不转陀螺自转，于是就想，人要是能和陀螺一样快速旋转，该是多么奇妙的事情！树在转，村庄在转，抽陀螺的人在转，转着转着就成人了，转着转着就成了孩子他爹，转着转着就消失了，只剩下一只童年的陀螺，在虚无的时空里兀自旋转，一任朝来夕去，花谢花开。

我母亲采来苘叶另有所用。取上一年的酵母，和面成团，用苘叶包裹，以苘麻为绳，紧缚其口，悬挂于门楣之上，剩下的事情就是等酵母在四季的风中发酵。那些微小的菌类，伸着触角，张开细细的螯爪，在酵母城堡中来来去去，构筑着属于自己的快乐时光。每当母亲取下酵母，掰碎，放入水中，我就想：那么多的小小生灵呢？是不是已经长出翅膀，沿着光的方向飞到了另外一个世界？

这问题我到现在都没有找到答案，以至于每次看见发面用的现代酵母，就心生抗拒。母亲做馒头，揉至恰到好处，外润内韧，出笼，一个个润泽如孩儿面。入口，甜软绵香，就连呼出来的气息也散发着香甜，以至于造就了我的馒头胃。有一次去南方某地，吃了三五天，不是粉就是大米，无论如何肚子里都感觉空荡荡一片，横冲直撞寻找，就是不见白胖香甜的山东馒头。

有人说，故乡其实就是一层酶，时间长了就贴附在人的胃壁上。每一次乡愁，都是对故乡味道的怀念，怀念田野里的菜蔬，怀念亲人，怀念老家的大白馒头。

在这里，苘无疑成了思乡的一股引线。

《本草纲目》曾记述："苘麻，今之白麻也，多生卑湿处，人亦种之。叶大似桐叶，团而有尖。六七月开黄花，结实如半磨形，有齿，嫩青，老黑，中子扁黑，状如黄葵子。其茎轻虚洁白，北人取皮作麻……其嫩子，小儿亦食之。""小儿亦食之"是说只有我们小孩子才尝试吃苘麻的种子，熟透的苘子，入口微麻有异香，只是吃多了麻得舌头直伸，像一条饥渴的狗。

至于苘麻的皮，在村东的池塘里沤了，剥下晾干，可搓绳备用，古代多用来做麻衣。所谓麻衣，有三种解释：1.即深衣。古代诸侯、大夫、士家居时穿的常服。《诗·曹风·蜉蝣》："蜉蝣掘阅，麻衣如雪。"是说蜉蝣在孵化飞翔的那一刻，像身上披了一袭如雪的麻衣。2.丧服。《礼记·间传》：“又期而大祥，素缟麻衣。”郑玄注：“谓之麻者，纯用布，无采饰也。”是说纯白的麻衣没有彩饰，在一定程度上表达了对逝者的尊重与哀思。直到现在，我们村还有穿孝衣系麻绳的风俗，一路纸幡飘飘，四野缟素。3.代表平民阶层，身穿麻衣者就是普天下的老百姓，与锦衣玉食者形成强烈对比。

闲来翻书，清朝吴其濬写道：“独苘以捆缚取用多，河滨数百里广种之，以备堤工之购。”看来我们村的苘麻也与治水有莫大关系。河水滔滔，淹没村庄与田野，而一株苘麻身先士卒，以其廉价的身躯成为抗击水灾的勇士。

如今乡下很少有人种植苘麻，偶尔遇见，也多是野生，虽不改旧时容颜，却只能是一段乡愁的源起。

草民与王命

我们村都是一帮子草民。草民有草民的日子，鸡鸣唤醒一天的光阴，纺织，耕种，照顾老人，拉扯孩子，吹大牛，扯闲篇，喝酒，骂街，偶尔有人爬寡妇家的墙头，被当作笑话充斥着整段生命旅程。如果还有一点高大上的想法，就是希望国泰民安，天下无贼，夜不闭户，路不拾遗。看看吧，多么没有志气的一帮草民，也怨不得别人在城市的公交车上侧目；在公园里的长椅上躺下也中枪——旁边的修长妇人戳着孩子的额头："不好好学习就跟他们一样，泥腿子。"

我从不以为泥腿子是什么不好的词语，起码在一定程度上说明了草民万古以来所从事的职业。"一夫不耕，民有饥者；一女不织，民有寒者"，这里的"民"是广义之民，每个人都不能逃脱。所以叫我说，某些人不用太横行霸道、颐指气使，有一天脱了那身皮，你也是芸芸草民中的一个。

王不留行也是草民，我祖母说它叫马不留，也叫禁宫花。祖母说谁家媳妇生了娃儿，奶水不足，便取王不留行整株，煎药服下，登时乳如泉涌。《本草纲目》亦有此意："王不留行能走血分，乃阳明冲任之药。俗有'穿山甲，王不留，妇人服了乳长流'之语。"又有妇人患血淋，当下去村前的麦田里采十几片王不留行叶，煎汤，第二天清晨，病即减去七八分。

（我说的老祖母，其实明白人一眼就能看穿，代表生活在乡间的传统智者，有母性的善良与慈祥，有大地的情怀与草木般悲悯的心肠，掌握着一切行医问药之术。本来我是要隐藏下去的，恐有熟人跳出指着我的鼻子说我睁着大眼说瞎话。写作之人瞎话还是有的，关键在于你如何去看，此处毋庸赘言，王不留君还在麦田等我造访。）

王不留行与麦子一起生长，叶似灯笼草，株高一两尺，正好与童年的我并肩齐眉。我在后面走，祖母在前面行，高大的抱娘蒿摇曳着金黄的花朵，像一畦繁茂的油菜，不过绝对是我们村草民厌恶的田间杂草。王不留行也是。村里人并不咬着牙根似的恨它们，反正闲来无事，反正间苗除草是自古以来就有的活计，正好也能充当牛羊的口粮。本地作家耿立先生有一部散文集《藏在草间》，大多记述鲁西南乡野间的物事；湖北作家陈应松有一篇散文叫《村庄是一蓬草》，同样以草木之眼透视我们曾经熟悉的乡村。所以有时我想，人无论活成什么样，最终还是离不开草木，花是眼，叶是情，泥土是孕育生命的子宫。

我不管王不留行有何想法，也不管老祖母对草们如何厌恶，只是睁着一双滴溜圆的小眼睛寻找成熟的王不留行，我要它们的种子。王不留行的种子，生白熟黑，一经夏日骄阳的炙烤，就变成了一粒粒黝黑润泽的珠子，可以串手链。这也是三姐给我的启发。三姐用它们做窗帘，那么多黑色的精灵，白白的日光穿过木格窗棂，那黑就成了点点透明的发光体，摇曳如风铃。

虽说英雄不问来路，草民不问家乡，我还是要说说这个经典的话题。有关王不留行的来历，有两种说法：一是因善于行血而知名，“虽有王命不能留其行”，所以叫王不留行；另外一个便是传说，说王不留行这种药是药王邳彤发现并命名的。当时王莽率兵追杀刘秀，因邳彤家乡的老百姓的保护而不得。邳彤想到这段历史，就给那草药起了个名字叫“王不留行”，借此让人们记住“得人心者得天下”的道理。

“得人心者得天下”说了几千年，无非以笼络草民之心为主要目的，而所谓王命，不过是当权者自封的王冠。但即使这样，“家不可一日无主，国不可一日无君”，关键的是君应该以何种姿态面对黎民百姓。

草民与王命，想来我们村的王不留行肯定不懂，它只是顺应天时，长成一株朴素的草，有药性，也有血性，默默地陪伴着村庄。

刘氏，小名寄奴的孩子

我以为寄奴两个字有着很深的文化背景，寄是寄养，寄人篱下，因为各种历史的或者生活层面的问题，不能和自己的亲人在一起，只能孤孤单单寄养在别人家。奴是下等人的称谓，若非万不得已不会有人到了求告为“奴”的境地。《托孤救孤》讲的就是那么一档子事，到了危急关头，宁愿把自己的孩子贡献出来，也不肯和盘托出赵氏孤儿的底细。这是浸透血泪的义举，也在某种程度上表达了东方人的道德观与价值观。

所以我想刘裕也应该有着相似的经历，其先祖是彭城人，彭城也就是离我们村不甚远的徐州。史料载，这小子后来常以汉高祖刘邦的弟弟、楚王刘交的后人自居，说自己本就出身显贵，应该担起统领江山的重任。实际情况是，因父亲早逝，刘裕家早就家徒四壁，用二大爷的话说：“穷得一个房子里就剩下四个旮旯。”

其实穷不怕，就怕一个人穷得没有志气。有时寄人篱下的情况也在所难免，主人家的冷眼，躺在薄凉夜色中的孤苦伶仃，往往能激发出一个人的斗志。木心也同意这样的观点，说“最高一层天才，是早熟而晚成”。

刘裕，小名寄奴，于是不得不在寄人篱下的一段黯淡光阴中，开始了自己将铭记终生的少年生活史。晨起，到附近的集市上卖草鞋，秋风像刀子一样能割掉人的耳朵，村头上的一条恶狗常常流出半尺多长的涎水，想把这个黑瘦的孩子当成一顿美味的早餐。晚归，啃一口冷硬的窝头到村前的老河滩上去收割芦荻，以备做草鞋的材料。荻花飞扬。其实一个人的童年无所谓凄怆或美好，在一个孩子的眼中，能活下去，眼看着门框上刻印的记号一天比一天高，那种内心的欢愉无可比拟。我小时候也是，屁股上的补丁一块摞着一块，头发长成一蓬野草，照样在春日的田野上奔跑，追逐蜻蜓与蝴蝶，追逐无形的时间与风，以至于后来写作，瞬间便能将自己拉回旧日现场，仿佛写下的是一个个清晰的梦境，孤单、悲苦与穷困都被一一过滤，只剩下童年的丰润。

说了那么多，其实无非想引出一株普通的野草——刘寄奴草。这暗合了道家万物生成的原理：道生一，一生二，二生三，三生万物。一是太极，二是阴阳，三是天、地、人，万物是万事万物。万物背阴而向阳，并且在阴阳二气的互相激荡中形成新的和谐体。由此，古代的王公常用“孤”“寡”“不穀”来称呼自己，以减损来达到增加的目的。

这样说有点野狐禅的味道，但在荻花飘扬的那天刘裕确实邂逅了自己的传奇。《本草纲目》载：“按李延寿《南史》云：宋高祖刘裕，小字寄奴。微时伐荻新洲，遇一大蛇，射之。明日往，闻杵臼声。寻之，见童子数人皆青衣，于榛林中捣药。问其故。答曰：我主为刘寄奴所射，今合药敷之。裕曰：神何不杀之？曰：寄奴王者，不可杀也。裕叱之，童子皆散，乃收药而反。每遇金疮，敷之即愈。人因称此草为刘寄奴草。”这就是刘寄奴草的来历，用一段近乎传奇的故事记述了一株野草得名的由来。其中涉及魔幻的情节，是为文学；涉及草药可治箭伤，是为医用公文；涉及借他人之口道出“寄奴王者”以美化自身，是为权谋。

我们村也有刘寄奴的身影，它们大多长在河边沟渠，老祖母呼之为野芝麻。春来发芽，茎秆有节，呈四棱状，褐色，有细小毛刺，叶细如青艾，开黄花，形如芝麻花。《植物名实图考》称作阴行草，也叫北刘寄奴、黄花茵陈，有的地方叫作金钟茵陈，与南方刘寄奴草疗效基本相同。依我看这与道家的阴阳学说同出一辙，无论南北，根脉中都流淌着大致相同的血液，在对生命的体悟上有异曲同工之妙。

老鼠牙，是我们村的一个苦孩子，爹死娘嫁人，和年迈的奶奶相依为命。老鼠牙打小面黄肌瘦，看起来弱不禁风，有一年来了一个走乡串户的土郎中，给他看完病，看他家也无资财，摇摇头说："我也不收你们的诊疗费了，管上一顿饭就成。"然后，龙飞凤舞写了几个字：野芝麻。于是，到了秋天，你经常会看见一个佝偻的身影在暮色中游荡，那是老鼠牙的奶奶在为孙子采集草药。过了没几年，面黄肌瘦的老鼠牙显得壮实了许多，再过了一些年，外出谋生，娶了媳妇，至此村里人再也没有见过老鼠牙。有人说，是因为找对象的时候老鼠牙说自己是个孤儿，入赘到了女方家，事后不便再与乡下有什么瓜葛。结局是可以预料的，后来那位老人到死，也没能再见到孙子一面，空洞的双眼在夜色中逡巡了很久，始终未能闭合。

这是村子里的一桩公案，到现在村里的老人说起时仍不免唏嘘。此时，因他人蒙羞的刘寄奴草不言不语，孤独地站在晚风里。

刘裕则不同，他少时虽贫寒，但后来不仅取代了东晋政权，更收复了黄河以南大片土地。《宋书·武帝本纪》记载，他在吏治上去除庸吏，“荆州府置将不得过二千人，吏不得过一万人；州置将不得过五百人，吏不得过五千人”；在经济上，多次减免税役，“蠲租布二年”；在教育上，“陶奖童蒙，选备儒官，弘振国学”。

不得不说刘裕这是要做一代明君的节奏，后来他也果真成就了一番事业。由此，让人记住的不仅仅是一株朴素的野草，也自草间听见了一段由草木衍生的传奇。

一地狗牙

狗牙根长在路边，匍匐着，紧贴大地的胸膛，沿着一条弯弯曲曲的阡陌，一直向远方伸展。我在想，如果谷歌地图足够清晰，肯定能看到我们村长满狗牙根的乡间小路，看见母亲一大清早蹚着露水去给棉花捉虫子、打杈。

这些都是旧年的事情，有一天，母亲终是沿着那条熟悉的小路走了，再也没有回来，路旁的狗牙根还是年年青绿。我记着，狗牙根青黄了几次，母亲就走了多少年，直至最后，我也会沿着母亲走过的那条路不再回头，不再贪恋世间繁华或荒芜，陪她一起坐看夕阳。

狗牙根在我们村叫袼褙草，类似人的小名。袼褙，在我们村是一个业已消逝的词语——村子里的很多事物都在消逝，某一刻扯疼了我的神经。我常想：如果不是手中的笔，我们到底还能留下什么？一茬一茬的人在老去，一代一代的记忆正在消失，一门一门的手艺正在失传，到了最后难道只能通过声光电这些毫无温度的演示来再现祖辈曾经的生活场景？

母亲在阳光下刷袼褙，基本流程是这样的：首先在做饭的案板上刷一层糨糊，早晨剩下的玉米糊再勾一点白面，以提高糨糊的黏稠度。接着，找来一些旧书旧本子——书是三哥从部队复员带回来的，被母亲一一拆解，铺平，刷上一层厚厚的玉米糊；也有我写完的作业本，“秋天来了，天气凉了……一群大雁往南飞，一会儿排成个人字，一会儿排成个一字”，最后都排进了母亲的袼褙里（这可能也是我穿布鞋感觉身轻如燕的原因之一）。而后是一层一层敷上破衣烂衫裁成的布条，红的绿的蓝的黑的被一桶糨糊刷得熨熨帖帖。

抹好的袼褙在阳光下晾干，其主要作用就是做鞋底，千层底，千针万线密密缝，千里万里脚下暖。

我大哥是穿布鞋走的，闯关东。他当年十七岁，掀开村庄的夜色，一把鼻涕一把泪，走走停停，脚下的狗牙根凝满露珠，不能挽留，也无法割舍。我二哥也是穿布鞋走的，也是闯关东。我总觉得很多人误解了闯关东的原意，无限附加以家国情怀。其实我二哥去东北，唯一的目的就是去找媳妇，在一座村子里一家弟兄四五个往往会被讥笑或成为谈资，很少有人报以同情的眼神。

乡路上的袼褙草，是我们家史的见证者，一支枯笔描描画画，经历秋风的寒凉，也见证了大地春暖。

狗牙根也叫铁线草，《滇南本草》中有记载："生田边旷野，软枝串地延蔓而生，秆细而赤，恰似铁线，故名铁线草。"意思是一株狗牙根以铁的意志生存于大地上，火烧了有根，根挖了有子，春风一度，又铁画银钩复生在我们村的田间路旁。

我小时候淘，上树掏鸟，下河捉鱼，钻田偷瓜，一样坏事都不少做。由此导致的结果不是蹭破一块皮，就是在水中被玻璃扎了，鲜血直流，像一个未上战场就被流弹击中的挂花的痞子英雄。老祖母一边嘟囔，一边抓来一把狗牙根，嫩叶捣碎敷于伤口，几日便愈合。这也是《中华本草》中有记载的功效："祛风活络，凉血止血，解毒。"看来一株狗牙根早已在冗长的生活中修炼得道，汲取日精月华，医治民间创伤。

我对现代化的草坪不太有好感，我宁愿我们村的狗牙根是单纯的，从遥远的年代一直蜿蜒而来，陪伴我们的祖先歌哭悲喜，也陪伴我们走完质朴的光阴。

一地狗牙，像母亲在大地上抹好的最后一片袼褙，在阳光下青绿绵延。

银碗盛雪 / 那些与月光擦肩而过的谷物与菜蔬 /

养育我坚硬的骨骼 / 青了又黄 / 黄了又青

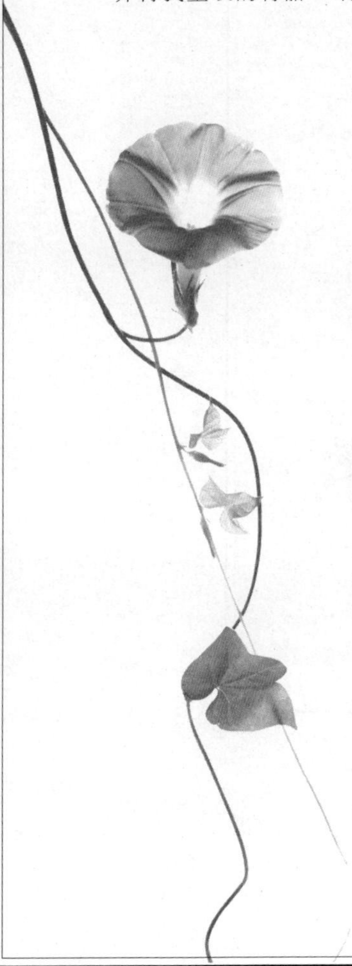

02

第二辑

一粒粟

yi

li

su

地瓜当家

地瓜不是瓜，谁都知道。地瓜又叫番薯，是从番邦舶来的东西，原产地在美洲，早期不准引种，否则可招杀身之祸。后传入菲律宾。

相传，明朝时有两位在菲律宾做生意的中国商人，设法将番薯藤编入竹篮和缆绳，漂洋过海，这才有了中国的地瓜。

地瓜不好分类，说不上属粮食还是经济作物，但有一个漫长的时期，由地瓜统治着乡下人的日子。村里至今有好多人胃酸、胃溃疡，就说是当年吃地瓜吃伤了，一看见地瓜就想跑。地瓜不管，夏日青藤葳蕤，秋日鼓胀似大地的乳房（我始终觉得这是我的发明，大地的乳房，香甜，一点也不暧昧）。

在我们村里，地瓜有N种吃法：

其一，做地瓜糊涂。小时候总爱问前院的六奶，总喝糊涂是不是能把人喝傻，脑子里灌进去的都是糊涂，成了榆木疙瘩——不开窍。不过到底也没糊涂成那样。郑板桥大概也喝了不少糊涂，喝大了，悬腕挥毫，写下“难得糊涂”几个流芳千古的大字。

其二，蒸熟，人畜通吃。把一些成色不好的地瓜洗净，上箅子蒸熟，人吃，猪羊也吃，看家狗饿了，照吃不误。我很少吃，看见黑乎乎的一大锅，心怯，胃里淌酸水。

其三，做地瓜粉。那时候，几乎家家入秋了都会做好多帘子地瓜粉条。生地瓜打碎，大缸上面放个大箅子，三个人对角搋，使渣与淀粉分离。下地瓜粉时，老黑叔把漏勺架在滚烫的沸水上方，捶自己的胳膊，生粉条下水洗个澡就成了熟粉条。晒干，可储备一年，用于做猪肉炖粉条。香，香到现在一点不改味道。

其余吃法各种，不怕没吃到，就怕想不到。村里人会变着法儿将地瓜做成吃食，只为果腹。

据说，地瓜是世界卫生组织评出来的十佳蔬菜之首。不得了，相当于穷乡僻壤，倾尽所有，培养出一个北大清华的学生，叫人扬眉吐气。

我最怕窝头，地瓜面做的窝头。母亲管地瓜窝头叫橡皮窝窝，筋道，比当下的亲（清）嘴牌口香糖耐嚼。上学前，窝头里放上辣椒酱吃了四个，路上捎带俩，到学校，a o e i u ü……念到 i 满地打滚。撑的。地瓜当家的年代，谁都恨，谁都怨。可又感念地瓜的好，说要不是地瓜，早去见了祖宗。

补遗：漂泊的地瓜

不知道地瓜什么时候来到我们村，它们从菲律宾乘风破浪而来，却扎根在这穷乡僻壤。我妄图在《诗经》中找到地瓜的影子，无果，只能从我家的一亩二分地里拎起一根长长的藤蔓，打量着这位流浪诗人。

母亲栽种地瓜，用去年留好的一级地瓜做种，搭建简陋的小弓棚。到了初夏，剪下若干小段，栽种在南岗子上的麦茬地里。头天晚上烀好的黄豆，施在地瓜旁边，大有红袖做伴好读书之意。

地瓜的生命力不可谓不强，不然也不能编在竹篮或缆绳里漂洋过海，再次萌发生机。自然界有些物种就是那么神奇，上苍赋予其断肢再生的能力。相比之下，作为高等动物的人就显得娇情了许多。

我们一帮熊孩子，在初秋的田野上乱窜，像一群盲目奔跑的兔子。累了，饿了，就地取材，捡来枯枝败草，用土块堆成地锅的形状，烧地瓜。“天高云淡，望断南飞雁”，不消半个时辰，田野上就弥漫起地瓜的焦香。

根据科学研究，每500克地瓜约含热能635千卡，含蛋白质11.5克、糖14.5克、脂肪1克、磷100毫克、钙90毫克、铁2克、胡萝卜素0.5毫克，另含有维生素B1、B2、C与尼克酸、亚油酸等。其中维生素B1、B2的含量分别比大米高6倍和3倍。特别是地瓜中含有丰富的赖氨酸，而大米、面粉中恰恰缺乏这种重要营养素。我想母亲肯定不懂这些，在贫寒的日子里，栽种一小片其貌不扬的地瓜，只为一家人果腹。

烤地瓜的发源地，据说是我家乡附近的平阴县。

传说乾隆和铁齿铜牙的纪晓岚当年到济宁巡访，夜宿平阴县城，晚上到城西关帝庙游玩，老远就闻到一股浓郁的香甜味。纪大烟袋忙不迭买了一块献给乾隆，登时龙颜大悦。这多少有点夸张的成分，但作为民间故事自有其存在的价值，与朱元璋吃“珍珠翡翠白玉汤”有异曲同工之妙。

我小时候的玩伴土生，是“穷人的孩子早当家”的典型。土生父亲有一年在建筑工地摔折腰，躺在床上，母亲既要照顾年幼的妹妹，又要照顾父亲，他不得不背井离乡，做了一只漂泊的地瓜，在北京卖烤地瓜，后来听说混得不错。

大略故乡的地瓜有灵，瓜瓞绵延，在贫瘠的土地上生长着，冥冥之中，护佑着我们的村庄与乡邻。

淤泥解作白莲藕

村东有池塘，塘中有藕。藕花“出淤泥而不染，濯清涟而不妖”，从周敦颐的笔端一路旖旎而来。

塘后有庙，六尺见方，为泰山奶奶庙，庙小，装不下大神仙。泰山奶奶庙也是我们家族的宗祠，说来话长，另附一章作解。藕有心眼，藏拙，不轻易示人。我们村里的小孩大多不笨，许是藕吃多了的缘故。

乡村吃藕常见的方法：凉拌藕片。将藕横切成片，每片都有蜂窝煤样的小眼，可用一根筷子挑着吃。一根筷子吃藕——专挑眼，说的是喜欢鸡蛋里面挑骨头的人，属抬杠专业人士。四五枚鲜蒜，捣成蒜蓉，青红辣椒丝，穿插其间。藕要焯水，去生即可，万不可煮过，过而面庞黧黑。加村西李二奶家酿的陈醋，加盐，加北周庄周香油家的小磨芝麻油。拌而食之，青红白三色，鲜脆而真诚。

这是村里姑娘最爱的一道小菜。月下桥头，蟋蟀轻唱，有搂抱在一起的青年男女。女说：“等过了门，你给我做凉拌藕吃。”男说：“行，吃拌藕，生的娃儿也聪明。”拌藕，就成了“伴偶”，拌一辈子藕。这听起来属现实主义的笔法。

还有一种，炸藕夹，这道菜一般过年才能吃上。母亲将藕切成双份片，尚余边角藕断丝连。肉末，是村东胡大海现杀的猪肉，无注水，无病变，纯天然。猪肉剁成肉末，加姜末、葱末、少许酱油、盐拌匀，夹于藕间。裹以面糊，沸油煎炸，色泽金黄即可装盘。

我那时尚小，却也不敢偷食。母亲信佛，除夕之夜要先供奉玉皇、财神等各路神仙。就这样眼巴巴看着过了初一，迫不及待抢一口老天爷的吃食。其实炸藕夹热吃最佳，嚼一口，香、酥，满嘴冒油。其味，绕舌三日而不绝。

于江南吃过糯米藕，亦好，清甜、绵软，有江南烟雨之风。其色温润如玉，颇有质感，“上有天堂，下有苏杭”，闭上眼，桨声欸乃中掠过江南少女的淡白衣裙，恍兮惚兮，如入仙境。

去过江苏金湖，走过高高的题着“荷花荡”的牌楼，迎面吹来一阵穿越湖堤的风，风中弥漫着水的气息、草木的气息，更多的是金湖荷花的清爽气息。踏上曲曲弯弯的栈道，仿若置身于碧荷与莲花的天堂。淮河自此入江，水道自西向东贯穿腹地，金湖境内到处可见广阔的水面，银子般的河流织成连绵的水之网、河之网。所以，这里的人或景色，就兼有了南方的清婉温润与北方的坦诚爽朗。

藕有好名声，观音之莲，莲开并蒂，“菡萏香销翠叶残”。设若住进一片荷叶下的村庄，其情其境，断不输陶渊明之“采菊东篱下”。间或蛙声起伏，鱼戏莲叶东南西北，中通外直，不蔓不枝，当真成了莲花之子。

那是白藕与青荷组构而成的哪吒，属魔幻现实主义的范畴。

来福与莱菔

来福是我们村里的傻子，哪个小孩要是不好好吃饭，不好好睡觉，大人就说来福来了。

来福真的就来了，头上戴着一顶瓜皮小帽，脑袋后面拖着一条小辫子。来福是个哑巴，哑巴来福的四肢表达能力超强，用现在的话说能上达人秀。胖乎乎的来福撕开嘴巴，是问你吃饭没；靠着土墙拿大顶，然后又猫手猫脚贴着墙根走，是说昨天看见二大爷的萝卜田里有小偷，拔了几根萝卜。我们没来福那么幸运，来福家祖上是地主，后院埋着好多小罐子，罐子里头有光洋（银元），家里没钱花，收光洋的就来了。来福最喜欢吃的是羊肉萝卜馅包子，吃的时候瞪着两只幸福的大眼睛，鼓着腮帮子，站在孩子堆里馋死个人。

莱菔是萝卜，跟来福一个叫法，但来福不是萝卜，来福只是喜欢吃萝卜馅的包子。萝卜分为青萝卜、红萝卜、胡萝卜和樱桃萝卜。村里人常吃的是红萝卜和胡萝卜，青萝卜吃了太顺气，往饭场一站，放一个悠长的萝卜屁，太煞风景。胡萝卜比较好亲近，长得水灵，要不莫言家也不会种那么多胡萝卜，不种那么多胡萝卜也许莫言就写不出《透明的红萝卜》（我相信那篇小说里说的肯定是胡萝卜，而不是大如牛犄角的红萝卜，那么大，再大的太阳也不会将其照得透明）。

樱桃萝卜是好玩好看的品种，村里也就外出贩大米的光棍乔二欢家种。据说他去外地贩大米，听说有樱桃萝卜，回家时便带了一些种，房前种了一小片，糖醋樱桃萝卜，想想就嘎嘣利溜脆。

莱菔，《尔雅》中叫葖、芦萉。《说文》中又叫芦菔、荠根。到了《广州齐物志》中才接近现代称谓，罗白。听起来像个俊美的乡村后生。

来福也算俊美，但不只是外观上的那种美。一个哑巴，半傻，能有多美？是后来发生的一件事，让我们村里的人记住了这个叫来福的孩子。那年下大雨，河水暴涨，二大爷家的小芹想去对岸喊二大爷吃饭，挽起裤管刚走到青石板桥的中央，不料上游突然冲下来一根木檩子，横着把小芹打进湍急的河水。正是中饭时间，河岸上没有人，只有我们村的来福瞪着两只幸福的大眼在吃萝卜羊肉馅的包子。他“啊”的一声丢了手中的包子，挥舞着胳膊一边往村里跑，一边“啊、啊”地大声呼唤。谁知道半道又折回来，扑通跳进浑浊的河水。村里人赶来时，小芹正趴在檩子上，走了半里多地才发现来福漂在水上的身体。

二大爷年年种萝卜，小芹年年包羊肉萝卜馅的肉包子，逢年过节，送到来福的坟前。

莱菔入药主要是莱菔子，是《本草》里走出来的孩子，入脾、胃、肺经，消食除胀，其性平和，其味不峻，无偏胜之弊。

我们村里的人都爱吃萝卜，胡萝卜，吃萝卜的时候常常想起来福。昨天回家去看即将收割的麦子，我还看见二大爷家的田头长了几棵夏萝卜，球形的白色花蓬，青碧的叶子，向麦田张望着。它们一定都有一双幸福的大眼睛。

刈麦的姿势

麦子长在《诗经》里，“我行其野，芃芃其麦”，是《载驰》里的经典意象。一场春雨，打湿了《诗经》，也打湿了我们村外的麦田。长长的田畦，一株株青青的麦苗，风一翻，就翻到了芒种。芒种，也是杜鹃的节日，杜鹃啼血，我总以为是替我们村里的人啼血。霜降播种，在冬日的冷风中灌水、施肥、打药，少了哪个环节，都看不见风吹麦浪的场景。

耕耘播种，一写到纸上，就显得轻飘，失去了稼穑的分量。我写过一本书，《住进一粒粮食》，内容越看越觉得单薄。我有时甚至想，就这水准，肯定不能传世（我常跟自己说，也就是自言自语，写字一是图写字的快乐，二还能得到一点儿稿费，三就有些目的难以告人了，竟然想靠一本薄薄的册子被将来的文学史抽上那么一鞭子）。

《齐民要术》里，麦子作为重要的一章出现。“麦，非良地则不须种。”说明麦子虽野，也不是哪里都能成活。我小时，村外有片盐碱地，长兔儿酸草，长蓖麻，种下的麦子金晃晃一片，像牛毛，一个穗头上却只有三五粒秕子。倒是盐碱地里的硝盐，村里人常在饥荒年代取来，刮地皮，入水沉淀，成土盐，味苦，吃了长大脖子。

我上学的日子屈指可数，没学过《观刈麦》，但学过李绅的《锄禾》。小时坐在一间土屋的土台子上摇头晃脑，至于内容，国人无人不晓。晓是晓，但我相信除了真正“日出而作，日入而息”的农民，没几个人能体会到其中的甘苦。

“田家少闲月，五月人倍忙。夜来南风起，小麦覆陇黄。”看吧，麦子说熟就熟了，母亲在麦收的前夕开始磨镰刀，蘸着月光，映着小河里的流水，抽刀断水，麦子到了安抚众生的时节。

麦子一直是母亲的信仰。蘸着月光打磨的镰刀在手中挥舞，母亲的汗水滴滴洒落，我知道，夕阳染红的天空里，必有母亲的血液在流动。一年过去，去年此时，母亲偶尔还能拖着病体，弯下身来，捡拾遗落在地上的麦穗。

那些麦穗颗粒饱满，是母亲孕育的儿女。而今，母亲去了哪里？那里有没有金黄的麦穗？

芝麻小史

小时随母亲种地，常有缺苗断垄的地方，便于棉株、豆苗之间，捏几粒芝麻种上。我并未见过像模像样的芝麻田，大概是产量太低，不能填补我们贫寒生活的空隙。“芝麻开花节节高”，是母亲常说的一句话，许是安慰自己，许是告诉我日子不会总是这般苦涩。而“捡了芝麻，丢了西瓜”，说的是另外一层意思，是说人做事要衡量，不能顾头不顾腚。

芝麻即巨胜，不知为啥如此渺若微尘，却起了这样一个大名字，很像现在小孩叫天豪、文豪，不知能否承当得起。芝麻分黑白两种，我们村一般种的是白芝麻。据说黑芝麻吃了能滋补肾阴、生发（我头发少，可能是黑芝麻吃得太少，哪天起了兴头也种一片黑芝麻，以作验证）。

清代吴其濬有《植物名实图考》，开卷谷类即胡麻。一加上胡字，一股西域风沙就扑面而来，想来张骞大人出使西域时的车马不少，胡豆胡蒜胡芝麻，林林总总。不像现代人出国考察，专找奢侈品市场，满载而归只为了哄夫人眉开眼笑。

最为形象的还是《本草》，云："胡麻，一名狗虱，一名方茎，黑者为巨胜。其油正可作食。"狗身上的虱子，想也比人身上的大不了多少，这是民间文学的直白所在，不用大费周章考据。方茎亦是，除了芝麻大概找不到形状如此规矩的草木。

秋日，母亲在棉田里摘棉花，我便拿些成熟的芝麻秆，找个僻静的树下，汗衫铺于地，将芝麻秆倒立，敲打出很多状如狗虱的芝麻，入口，其味芳香，赛过口香糖。母亲收芝麻，是将其捆扎成束，置于窗台，只消几日晴天，便可轻轻敲打出芝麻。

乡下芝麻的作用有三。一是用来做芝麻盐。将芝麻放入砂锅炒熟，加入青盐，擀碎。炎夏做凉面，几丝胡萝卜，几片青嫩黄瓜，撒入擀碎的芝麻盐，清爽可口。

二是做焦叶。逢年过节，母亲常要炸一些面食做供品，祭献天老爷、财神爷、灶神爷、床神等各路神仙爷爷、神仙奶奶。和一小团面，擀到薄如蝉翼，中间轻划几道，撒上芝麻，入锅，炸至金黄。口感酥焦。

三是换香油。是换而不是买（那时用来交换的东西很多，我很少见到钱，集市上鸡蛋可以换油盐，粮食可以换蔬菜，多余的蔬菜甚至可以换一块碎花棉布。交换方式简单而颇有古风）。小磨香油属北周庄周香油家做的最好，开坛十里香，周香油走过的村子上空，香味一天不散。周香油不吆喝，香味儿是最好的广告，敲梆子，一根油汪汪的香油棒子能浸出二两香油来。一架木牛车，吱吱呀呀，左边是一陶罐香油，右边坐着周香油的女儿周香香。那时的小伙伴一看见木牛车进村，便展开想象的翅膀：要是做周香油家的孩子该有多幸福，天天闻香油味儿，比老天爷的日子还好。

母亲视香油为奢侈品，墙上挂着一根细铁丝，一端砸成扁平状，叫油蘸子。一般只蘸三下，偌大的一口黑铁锅，漂着的油花儿几可忽略。

常见的乡间作物里，我很少想到芝麻。芝麻像一位腼腆的女子，即使出门也扭扭捏捏。十几岁的时候读《阿里巴巴和四十大盗》，芝麻的身后有一扇神秘的大门。真的喊声“芝麻开门”，那扇门就能自动打开吗？里面是黄灿灿的金子，可以终生享用不尽？后来才知道那是神话，属于民间魔幻主义。

本来想写一篇有关芝麻的小史，闲来翻书却读到苏东坡大人的《服胡麻赋》："状如狗虱，其茎方兮。夜炊昼曝，久乃藏兮。茯苓为君，此其相兮。我兴发书，若合符兮。乃瀹乃蒸，甘且腴兮。补填骨髓，流发肤兮。"

未敢生相比之心，只望"补五内、益气力、长肌肉、填精益髓"的小小芝麻能补补我的文学之虚。

马蜂菜托及其延伸

《随园食单》里面没有马蜂菜托这种吃法。在我家，做马蜂菜托，需将马蜂菜切碎，加十三香、青盐、土鸡蛋（我们家不可能有别的鸡蛋，那时日子虽清贫，食材却是天然的）和面。可以用两种面：一种叫死面，不添加酵母；一种叫发面，母亲用苘麻叶包好风干的酵母头挂在门楣上，敲碎，用清水泡好，和进面里。

蒸好的马蜂菜托像鞋底，特大号。需切成若干小块，一家人分食。吃法同生日蛋糕，不过不用叉子小勺，寓意亦大相径庭。

袁枚主张性灵说，虽有后人以恶言概之，但他对源远流长的舌尖文化功不可没。《随园食单》记："摘取嫩者，醋合笋拌食。油腻后食之，可以醒脾。"说的就是马蜂菜。另有《随园居饮食谱》，如此描写：“妙不可言，嫩者可茹，可馅，蔬中佳品，诸病可餐。”可见对马蜂菜是一往情深。

马蜂菜就是马齿苋，一个是俗称，一个是雅号。

我对马蜂菜的认知来源于邻村，村名叫菜园，所以村子里种了很多蔬菜，西红柿、黄瓜、茄子……马蜂菜是野草，蓬蓬勃勃占据了大部分底层空间。

夏日午后，母亲叫我去“偷”东西。有风爬过河梁，菜园村的人正在午休，知了声鼎沸，像是热锅里下饺子。菜园子以茂密的花椒树作为篱墙，只有极小的空隙。越是遇上这种情况越不能慌张，掰下树枝上的尖刺，恰好容下童年的我。母亲要我“偷”的不是别的东西，正是马蜂菜。西红柿、黄瓜架下，有的是。原因只有一个，我想吃母亲做的马蜂菜托。

马蜂菜楚楚动人在我的少年时光，也清清秀秀躺在诗人的菜篮子里。嚼一口马蜂菜，随口吟哦的诗句便也青青展展，颇具草木之韵。“苦苣刺如针，马齿叶亦繁。青青嘉蔬色，埋没在中园。”这是一大清早看园人顶着唐朝的晨曦去给杜甫送野菜，菜篮里有莴苣，有马蜂菜，上面尚有晶亮的露水。不知当下若有人送某些大人物两把野菜，会不会被随手丢进路旁的垃圾箱里？

再者说来，马蜂菜愿不愿意与此等人为伍也很难说。

马蜂菜在南方又称马兰头，也有人叫红梗菜，这样看来，马蜂菜属于平民阶层；但又因人送其外号“长命菜”，所以导致人们趋之若鹜。《蔬食斋随笔》中引用了明代的一首五言诗：“马兰不择地，丛生遍原麓。”可见马蜂菜的动人风姿遍及大江南北。

村西胡半仙有一灵验妙方，据说传了好几代，常有患痔者慕名而来，不消几日，风采重现，不用再夹着屁股走路。胡半仙家的土墙上，挂满了“悬壶济世”“妙手神医”的锦旗。二大爷某日透露一个重要信息：狗屁神医，还不是一把马蜂菜捣碎糊上。信然，《蜀本草》有据可查：“治痔要药。”简单几个字戳破了胡半仙的画皮，原来功劳全在马蜂菜身上。

不过马蜂菜不居功自傲，依旧月白风清，长在我们村的菜园子里。《救荒本草》又谓五行菜，是《易经》的延伸。“淮南人家采其肥茎，以针缕之，浸水中揉去其涩汁，曝干如银丝，味极鲜，且可寄远。”

如果哪天你收到宛若银丝的乡愁，那一定是故乡寄来的马蜂菜。

芫荽之变

芫荽以匍匐的方式跟进时代，属于不事张扬的植物。我们村里的人种芫荽，在田间地头开辟一方小小的菜畦，白露播种，霜降时已覆盖地皮。霜是好的霜，将芫荽叶子染成紫红，紧贴大地。

芫荽又名胡荽，西汉时由张骞从西域带回中国。至于什么时间来到我们村，无从查考。《说文解字》中说："荽作荾，可以香口也。其茎柔叶细而根多须，绥绥然也。"这也是很多人喜欢它的原因，所以又名香菜。相比之下，我更喜欢"芫荽"两个字，"北方有佳人，绝世而独立"，单从名字上就添了几分神韵。

孝贤集上，数张家老三的丸子汤最好（张老三的媳妇长得也水灵，时间长了，人送绰号"丸子西施"），夫妻两人每逢集市，就早早支好摊子。丸子是绿豆面丸子，焦酥，鲜嫩，一口大黑锅，几根硕大的骨头翻滚其中，香味能飘一里多长，老远就灌进赶集人的鼻子里。吸吸，没错，是张老三家的丸子汤。

有人坐下，张老三抓起笊篱，十个丸子，不多不少，在沸水中游过一圈回来尽倾碗里，加汤，添醋，还有红鲜鲜的辣椒油。这些尚且不够，丸子西施的嫩白小手，捏几根青碧的芫荽，撒进碗里，一碗麻辣鲜香的丸子汤才算大功告成。喝丸子汤的原因大致有两个：一是实惠，添汤免费，只要你能灌下去；二是丸子西施着实好看，丸子尚未入口，先是醉了三分。

芫荽相当于味道里的统领，酸、甜、苦、辣、咸、鲜、涩、臭，率领着浩浩荡荡的气味大军，走进烹饪江湖。若是不善庖厨，事毕，撒上三五芫荽茎叶，保证没人怀疑你的厨艺。也有人不喜欢芫荽的味道，比如我哥，说芫荽的味道太隔，绝不碰。我不知道怎么个隔法，汪曾祺老先生曾说没有吃不下的东西，唯独觉得芫荽有臭虫的味道，大概也和我哥的味觉差不多（或者说是已经形成的思维定式，比如吃臭豆腐，有人吃出绵绵不绝的香来，有人避之唯恐不及）。

我们村里芫荽的吃法大概有以下几种：

一是入汤。灶下火光熊熊，一扭身转到村后的菜地，掐一把芫荽，撒入碗中，青花瓷碗里登时青青白白，宛如宋词一阕。

二是凉拌菜。凉拌黄瓜、凉拌豆角，凉拌一切可以凉拌的菜蔬。蒜是必不可少的，入蒜臼捣碎，成蒜蓉，兑醋、盐、香油，浇入切好的可拌之菜，芫荽切段，搅拌可食，其清，其脆，其香远益清，可大快朵颐，不必远观。

三是母亲发明的蒸菜，蒸芫荽。芫荽一般不作为主菜，只在清明前后生长旺盛的时节，需紧急处理。这大概也是我哥和汪曾祺先生不吃芫荽的原因，或许因为吃了清明节后的芫荽，吃出了臭虫的味道。母亲蒸菜，将芫荽全株淘洗干净，省了刀工程序，顺手一拧，撒入干面，少量细盐，油少许，而后倒入搅好的鸡蛋（鸡蛋不可放多，视菜量而定）。上锅蒸，大约二十分钟即可。出锅放入炸好的辣椒麻油。味道绵软中透着一丝“风萧萧兮易水寒”的壮烈，是辣椒吹响踏上征程的号角。

古谚曰“三月茵陈四月蒿，五月砍了当柴烧”，是说农历三月的茵陈味道略苦，但药效最好，也是可以食用的阶段，一旦过了时日，就变成了当柴烧的平凡草木。我想芫荽大概也知道这个道理，并且作为一种行之有效的自我保护手段，为了繁衍子嗣，才产生了让人掩鼻的臭虫味道。

芫荽之变大过陈桥兵变，不是黄袍加身也能独当一面，为世间百味上了精彩的一课。芫荽开花时，像洒满野地的星辰，招摇而过，为匍匐的身姿写下极富意蕴的韵脚。

童话，落花而生

我自小喜欢童话。纳博科夫说每一部伟大的小说都是童话，这里特指《洛丽塔》。这本书开头的一句便迷惑了芸芸众生：“洛——丽——塔；舌尖得由上颚向下移动三次，到第三次再轻轻贴在牙齿上：洛——丽——塔。”落——花——生，我试了一下，与洛丽塔的发音基本相同，舌尖轻触之处，皆有落花生的香味儿。

落花生与其他豆类植物不同，属于内秀型，朵朵淡黄的小花儿，未衰落便伸出一枚细细的矛尖，直刺松软的泥土。我们村种花生的历史并不算长，记忆里好几辆马车把花生种运到大队部，人便麻雀般围了上去。车空了，马散了，花生就被麻雀们种到了南岗子上。

南岗子是一大片沙土地，六奶说是早年的黄河故道。

怪不得，一条长河的力量让人咋舌，把高原的泥沙运到我们村，大概就是为了让落花生落地生根。

童话的来历基本无考，没有结构以及升华主题的臭规矩，属于自由派，由心生。《月亮看见了》是我最喜欢的文本，安徒生化作一弯月亮，以儿童之眼勾画人间浮世绘。落花生也是，在我们村的南岗子上，看炊烟袅袅从村庄里升起，思绪蜿蜒，勾勒着属于乡村的童话。

童话一：乌云密布的天空，秋后的田野萧索，呈现出一派乱糟糟的景象。远远的南岗子上，晃动着几个黑色的小点儿，高点的是二姐，低点的是三姐，最矮的是我，流着鼻涕，费力地挎着一只土篮，跟在她们身后，Luan花生（动词，我们村把捡拾田里遗落的地瓜、花生的行为统称为luan，意即别人已经放弃的东西我们才有资格据为己有。现在我其实很想造出这样一个字，提手旁加一个土，能形象地代表土里刨食的动作）。秋雨潇潇，用袖口擦了一把鼻涕的我，钻进旁边的一个麦草垛，二姐、三姐的影子在风雨萧瑟中时而模糊，时而清晰，直到现在。

童话二：空荡荡的秋夜，母亲支好了庵棚，转身回家，去照料生病的父亲，以及做不完的家务，把我留在花生田里，看守我家的花生，看守可以照耀我一生的、童年里的星光月光。“这是我的江山，我在这里生，也必将在这里死亡；我在这里点燃生命之火，也必将在这里熄灭最后的暖灯。”是我昨天发的朋友圈，附一张田野的图片，有葳蕤的花生藤蔓。

童话三：我们村的人几无零食可吃，不像现在，镇街上的垃圾食品堆积如山，可以自由选择。沙土炒花生是故乡的一个土生土长的名牌，与“喝茶瓜子”同属一个系列，别看某明星扇子一摇说得牛气，其实就是黄河故道里的一抔沙土，炒热、煨熟了我们村的落花生。母亲在厨房里用沙土炒花生，我则在老屋截取床头的一小段芦苇，做苇笛，却不曾想引起一场大火。想来那时笨得可以，没有刀具，就在油灯上将芦苇烧断，然后呜呜啦啦坐在厨房的柴草窝里吹，等待花生成熟。浓烟滚滚，烧了准备过年的一床铺盖，母亲三堂会审，口齿牙硬没有屈打我也没有成招。

许地山的《落花生》，属典型的鸡汤小品，暗指在沉默中也能结出饱满的果实。我们村遍地都是此类题材，但凡入土的种子，无一不籽粒饱满。“姐姐说：花生味儿美。哥哥说：花生可以榨油。”这是村里每个孩子都知道的。对于我来说，花生就是胃烧、胃酸时的一剂良药，嚼几粒生花生，胃里渐渐变暖，仿佛有童话开始落地生根。

落花生，蔷薇目、豆科，一年生草本植物，茎直立或匍匐。产地，黄河故道，我们村的南岗子。

弯刀对着瓢切菜

瓢影在水缸中晃动，月光的碎银映照出我家贫寒的光景。母亲在篱笆旁种了一架葫芦，入夏，蝉声切切，唤醒一千盏白色的花朵。葫芦，对于村庄的含义，约等于菜和瓢。

瓢好说，一把葫芦制作的水瓢有草木的药香与清香。霜降之后，扯下爬满篱笆的葫芦藤，母亲预留的老葫芦站在村庄最高的地方看着节气流转，在节气的流转中，我们锯开一只状如小儿肚腹的葫芦。舀面、盛水，基本上在一只葫芦瓢里度过简朴的光阴。

葫芦可做菜，我的山东老乡王祯在其编撰的《农书》里说："匏之为用甚广，大者可煮作素羹，可和肉作荤羹，可蜜煎作果，可削条作干。"匏，即瓢葫芦。

在我们村大致有三种做法：一、鸡腿蘑菇葫芦羹。上面可以漂着几根嫩绿的香菜叶，风吹绿叶逐水流，一流流到外婆家。二、葫芦蜜饯。水汆的青白葫芦片，浇以透明的糖稀，热气未消黏牙齿，可梦中回味。三、过年时的葫芦干，辅以大块红烧肉，肉肥葫芦美，欢欢喜喜过大年。

我初学写作，照葫芦画瓢，但凡喜爱之文，必再三品味，直到葫芦的形状谙熟于心，落笔成瓢，倒也深得快乐之味。只是后来每每看见画瓢之文，想到种葫芦的人，便心生愧疚。好吧，我也打算开垦一片田地，专种葫芦，希望后来需要瓢的人青眼相加。

我们村的葫芦架大多各自为政，田间地头，廊前檐下，兀自攀缘而上，大约效仿古时走过月光下的文士，每登高时辄诗情大发。

黄庭坚的大葫芦和小葫芦在《渔家傲》里相遇，大的干枯可做瓢，小的盛酒，且行且饮。“何处青旗夸酒好？醉乡路上多芳草。提着葫芦行未到。风落帽。葫芦却缠葫芦倒。”葫芦填的下阕可谓醉意朦胧，风吹落破旧的草帽，盛酒的葫芦被我们村的葫芦藤绊倒。

相比之下，杨万里的葫芦则有点笑里藏刀：“笑杀桑根甘瓠苗，乱他桑叶上他条。向人便逞庾藏巧，却到桑梢挂一瓢。”欲摧毁其肉体必先丧其精神，“乱他桑叶上他条”。霜降之后结一大葫芦，在秋日的风中招摇，堪比插在对方山头的霸王旗。

我也种过葫芦，牙葫芦，从葫芦山上请下来的葫芦兄弟，一根青藤缠缠绕绕，沿着墙根一路走来一路唱。牙牙之语终未点化成仙，有一只成了放置案头的笔筒，每日葫芦添香陪我夜读。

西出函谷关的老子，大约穿越时空读了李时珍的《本草纲目》，知道用葫芦装出来的酒祛火明目助消化。一头青牛，一个酒葫芦，一路难释心中的郁闷与彷徨。一日走到函谷关，遇见函谷关令尹喜。尹喜说，前些日子我夜观天象，见紫气云集，知有圣人来到，已恭候多时，想听听您老对世事人道的看法。老子道：“一曰慈，二曰俭，三曰不敢为天下先。”

这是形而上的葫芦，大体与我们村的葫芦无关。

弯刀对着瓢切菜，我无非想做一个会做葫芦菜的厨子（厨子是最好的艺术体验者，对火候的把握，对味觉、视觉、嗅觉的超感官理解能力，非常人可比）。当然，这种想法一直在实践之中，我会磨好我的那把水月弯刀，明晰，但绝不残忍，与我的葫芦兄弟，一起上路。

小家子气的水萝卜棵

水萝卜棵显得有点小家子气，我们村里的大人小孩都会唱："水萝卜棵，喝豆沫。客来了，盖上锅；客走了，可劲喝。"这样说有些嫁祸的嫌疑，明明是我们的日子有些窘迫，偏偏怪到水萝卜棵的头上。

水萝卜，听起来水灵灵的。乡村的清晨，从河里拎起一串红鲜鲜的水萝卜，水面波光粼粼，映照出农家简朴的岁月。但加上一个"棵"字，跟水萝卜就没有半毛钱关系了。水萝卜棵是离子草的别称，就像村里人喊自家的孩子不是黑蛋就是石头，掷地有声。

初春的田野上，麦子尚匍匐于大地，此时的水萝卜棵面庞紫红，尚未开枝散叶。再过一个节气就好了，等大地苏醒，麦苗开始拔节，一株株水萝卜棵就转身脱去紫红色的衣裙，换上青绿，就像徜徉在流云下、阡陌上的小家碧玉。

豆沫，来自一个传奇，是广泛流传于河南、河北、山东西南部的一种特色小吃。《史记·伯夷列传》记载：“武王已平殷乱，天下宗周，而伯夷、叔齐耻之，义不食周粟，隐于首阳山，采薇而食之。”这里面的薇或许与水萝卜棵无关，但我宁愿相信伯夷、叔齐不受嗟来之食，到田野上去寻觅水萝卜棵的芳踪。挖来的水萝卜棵洗净，备放于乡村的厨房。昨夜泡好的黄豆，润泽，饱含着水意，被母亲放在石臼里舂捣，直至粉碎成沫。还有泡好的小米，绵软，手指轻捻即可化开。不需要什么细致的步骤，每一位乡间母亲都有一套自己的做饭程序，她们对此谙熟于心。最好再切一叶长长的海带，热气蒸腾中有海的潮汐，这是平原与大海的深切交流，在一株株水萝卜棵清澈的眼眸里相遇。

葱花、小磨香油、青盐，是豆沫的最佳拍档，腌制好的葱花里面有故乡泥土的味道。

我时常想象那个场景：母亲做好了一锅豆沫，刚要盛出，木门吱呀一声打开，是一位游走乡间的远房亲戚。因为偶尔路过，因为还有一丝朴素的亲戚关系，难免说上几句不咸不淡的话。水萝卜棵在翻滚之后陷入了倾听，贫寒的光景该拿什么来招待客人？溢着浓香的豆沫掩饰不住主人的一丝慌张与凌乱。还好，客人总归是客人，礼节性的寒暄之后，又踏上了走乡串户的漫漫长路。

这样说未免狭隘，好像我们村里的人都那么小气。实则不然，不过是我在妄自揣度，以一碗豆沫作为引子，素描当年的贫寒与窘迫。

我家后院是一片小菜园，不知何时，水萝卜棵悄无声息地落地生根。窄窄的田畦里，常见一株株青碧的水萝卜棵。该是母亲吧，来往于家与田野之间，鞋子上的泥土把水萝卜棵的种子带回了家。

水萝卜棵，子房无柄，长角果细圆柱形，直或稍弯，有横节，不开裂。种子扁平，有边，随节段脱落，每节段有两粒种子。幼苗或种子可越冬。

荠菜护生

在乡村植物谱上，荠菜应该排在最前面，像是阅兵时的方队，它们个子虽小，却能高举一面面绿色的小旗子，在田野上列队行走。

母亲尤其喜欢吃荠菜，一是因为初春的田野上、沟渠旁到处都有荠菜的倩影，没必要赶集去买；二是因母亲患了多年的高血压，村医虎子爷说荠菜是最好的方药，可疏通血管，降低血液黏度。我就母亲的荠菜食单，大致说以下几种：

蒸荠菜。蔬菜的茎叶拌以干面粉，上锅蒸，大概是村人最简单的发明，经过漫长的实践验证，既节约时间，又节约粮食，何乐而不为？我则喜欢把蒸好的荠菜在油锅里爆炒，佐以葱花、姜丝、干辣椒，再加麻椒若干粒，口感馥郁。

荠菜饺子。荠菜馅的饺子，吃的就是那一份素的味道，所以尽量不用猪肉、猪油，只在切好的荠菜中磕三两枚鸡蛋（要农家院里的柴鸡蛋，绿色营养无污染）。热气蒸腾中，饺子是满脸欢愉的孩儿面，质朴、喜庆，起身的饺子落身的面，充满了人文情怀。

荠菜鸡蛋羹。门口老榆树上的鲜木耳，放在窗台上泡发、洗净待用；家常面筋，一物两用，将和好的面团在水中抓握，使面筋与淀粉分离。开锅，放入一小把嫩绿的荠菜，倒入淀粉，鸡蛋顺时针打好，轻扬入水。羹汤鲜美，入口爽滑。

还有一种比较文艺的吃法，是我的发明，可叫“月光下的田园舞曲”。择好洗净的荠菜，入开水焯，新汲的井水拔凉，摊入青花瓷盘，加蒜蓉、醋、小磨香油、鲜菇老抽。用手捏一小撮荠菜，蘸食，入口月白风清。

荠菜又叫护生草，我小时有一段时日常发痢疾，面黄肌瘦，前院的二娘看母亲一筹莫展，遂踮着小脚跑到麦田里，采了一把荠菜籽，烧灰，白水送服，三两日即愈。《尔雅》说：“蒫，荠实。”《食性本草》说：“主壅，去风毒邪气，明目去翳障，能解毒。久食视物鲜明。”看来荠菜不仅治好了我的肠胃病，对我今天有一双亮度大于一百瓦电灯泡的眼睛也功不可没。

护生草起源于东欧和小亚细亚，其拉丁种名来自拉丁语，意思是“小盒子”“牧人的钱包”，是形容它的角果形状像牧人的钱包。我们村瓜瓞绵延、人丁兴旺，大概就是因为田野上有那么多牧人的小钱包。钱不多，包包也非限量版，但是够日常用度就好。

真正的食荠者，当数南宋陆游，放翁这边刚吃罢“东坡羹”，转眼又作了一首《食荠》诗：“挑根择叶无虚日，直到开花如雪时。”“开花如雪”是说荠菜的形仪之美，与本篇的开头对照，直如阅兵队伍中的飒爽女兵，柔弱中可见巾帼之姿。

飞廉守护的村庄

飞廉一词有三种解释：

一、即风伯飞廉，蚩尤的师弟，相貌奇特，长着鹿一样的身子，身上布满豹子一样的花纹。头像孔雀的头，其角峥嵘古怪，有蛇一样的尾巴。曾与师兄蚩尤一起拜师学艺，在莽莽的祁山上修炼。这是神话中的飞廉，有形而无实证可考，近乎鸿蒙之初对天地的信仰。

二、是说秦始皇的始祖，中潏之子，商纣王的大臣，嬴姓，恶来之父，也是后来天下汉姓赵马缪梁秦的祖先。有一统天下的含义，把一干人等都聚集在飞廉门下，声势浩大。

三、就是我们村的飞廉了，一般站在田间地头，远眺着无边的田野，听风听雨，听村子里的人披星戴月来来去去的脚步声。

飞廉的长相其实并不好看，貌似《水浒传》里的黑李逵，酷爱单打独斗。粗拉拉地伸出几条胳膊，上有利刺般的绒毛。叶片也是，边缘生出一个个明晃晃的锯齿，像一片片蓄势待发的会飞的镰刀。

我们村也叫它飞廉大刺菜，一旦落到菜篮子里，就成为美味的野蔬。苦楝树开花、布谷啼鸣时，飞廉刚刚转绿的嫩苗或嫩叶、茎尖可食用。入水焯，去其苦涩，凉拌或者清炒，全由乡下的母亲做主。这是实用主义的飞廉，暗合了乡村清淡的胃囊。有时，勾起那一抹乡愁的往往不是记忆里惊天动地的事件，母亲采来的乡野菜蔬，浸透了故乡泥土的味道，舌尖上，胃壁上，形成一生不变的故乡的酶，在暗夜中发酵。

飞廉有清热解毒、止血、止痢的功效，在《蜀本草》中有明确的记载："叶似苦芙，茎似软羽，花紫，子毛白，所在皆有……飞廉兽有羽善走，铸鼎多肖其形。此草有软羽，刻缺龃龉，似飞廉，故名。"这就找到了我们村飞廉的来路，原来风伯常驻在我们村口，以神的姿态关注村庄里的生生死死，看炊烟飘过屋顶，追随风去的方向。

有一年，客居东北的我舅回来探亲，和我一起放羊。

小河里的水哗哗啦啦，难免勾起一些乡愁。我舅说，闯关东那年，屯子里的老牛错都让他们吃了，小的还好，抓把叶子在河水里洗洗就塞进嘴里，老了的老牛错叶子上都是刺，扎得人直翻白眼，差点被卡死。

我舅说的老牛错就是飞廉，是东北的叫法。可以想见，距家千里的我舅，想家时手里抓着一把扎手的飞廉，手掌被尖利的叶刺出血来，才能将儿时的记忆一点点串起。那是离乡背井的飞廉，在一头老牛浑浊的回望里，忆起故乡的草木，想起故园的屋檐。

我在黄昏的乡路上行走，飞廉仍旧形单影只地守护在村庄的路口。老河滩上的野草够多，羊们只是在路过飞廉时抬起头嗅嗅，便依次走开。也许它们知道，有飞廉守护的村庄就会有质朴平安的岁月，有风神看守的家园一定能走出深深的苦难。

打驴的那根黄瓜

我们村说黄瓜打驴的意思，就是你这个人做事真肉，一点也不干脆。肉就是慢，慢慢腾腾，磨磨唧唧，没有一点男人风范。长在菜畦里的黄瓜貌似听不懂，为什么人慢非得跟自己扯上关系。驴也冤枉，每日里拉着磨盘转悠不说，还给蒙上了双眼，类似于人绑架了一头驴子，赎金不要，只要它给做一辈子长工。

我家也种黄瓜，母亲把黄瓜籽在一方濡湿的手帕里包好，晚上睡觉掖在怀里，如疼溺自己的孩子。如此一来，知道感恩的黄瓜就会在菜畦里努力向上，吹着黄色的小喇叭。我在黄瓜架下，心里自有小九九，看哪根黄瓜长得顺眼，身姿曼妙，就摘下来，在小河沟里洗洗，咬一口，嘎嘣脆，有黄瓜打驴的声音。

我吃黄瓜，夏日摘下随手就吃，要的就是那份脆劲儿，一边吃，一边看天上的流云，变幻出羊群、马群，在天空悠悠地吃草；雨中更好，黄瓜浸透了天水，用手轻轻一抹，便抹去了黄瓜身上的小刺，就着雨水咬一口，兼有天空和大地的味道。凉拌，须入秋才好，既能保持黄瓜的真味，加了陈醋、辣油后，又爽得淋漓、泼辣，像村里某个野性子的小妮。

老黄瓜刷绿漆，是二抹子形容自家媳妇巧珍的话。巧珍五十多岁，穿衣服大绿大紫，走过去能起一阵彩色的风潮。巧珍婶子就辩："不是我这根老黄瓜，你们村里的男人都打光棍去吧。"说完，孔雀飘飘，消失在乡路尽头，不知给哪家小子保媒拉纤去了。

那时的村庄，家家都有一片小小的菜园子，吃粮囤里揻，吃菜地里摘，不用顶着日头在集市上挑挑拣拣，惹得菜贩子直翻白眼。当下的人日子好过了，却似乎比以前忙了，忙得脚不沾地，忙到了北京、上海，就荒疏了村前的那片菜园子。"人心不古啊！"二大爷张嘴就来上一句，一边说，一边抹着一根弯弯曲曲顶花带刺的小黄瓜，抹完咯吱一口。

顶花带刺，本来是说黄瓜长得嫩，用在俗语中就有些不怀好意，是说谁家的女子年岁刚好，惹得姑娘一转身骂了一句："叫驴。"

给黄瓜抹激素是近些年才出现的"先进技术"，二大爷口中人心不古的那类人专做此类事情，做时，肯定昧着良心，嘴里还说着长期吃、大量吃才会出现问题。就是走路不敢挺直脊梁骨，怕人戳。

我小时性子就慢，和三哥在菜园子里浇水，三哥叫我拿把铁锹去堵漏，我却踱着方步看水里一只蚂蚱挣扎着上岸。三哥说了句："不想干就黄瓜打驴——干脆滚蛋。"我倒也干脆，滚蛋就滚蛋，反正不能水漫菜园。后来写作，就想反正也不是名冠九州，写得太烂大不了自己看，脑子里于是冷不丁抽出一根黄瓜，凌空去找一头虚无的驴子。

如此，驴尚且未找到，转眼已写了不少文字，于是发表、出版，看起来挺像那么一回事。类似这篇文章，与黄瓜无关，与驴子无关，只不过抓起一根青碧的黄瓜咯吱一口，引出一根纤细的文字藤蔓。

夜雨剪了一把春天的韭菜

我一度不怎么喜欢吃韭菜，怕烧心。母亲则不同，后院里种了一畦韭菜，说话间就拿了一把剪子剪回来。“夜雨剪春韭”，是老杜的诗句，在我听来更像是母亲踩着清晨的露珠，剪一缕春天的味道，也剪了一幅我永生不会遗忘的记忆剪纸。

剪纸上，是一畦水灵灵、绿油油的韭菜，清晨的鸟鸣散落，蟋蟀蹚过沾着露水的韭菜丛林，母亲的身影在初春的光影里闪动。我弯下腰，剪断的齐茬上似乎有泪，是韭菜在喊疼，还是有关幸福的泪水滑落？

“正月葱，二月韭”，是说初春的韭菜最为可口，也最适宜人体需要。我母亲不懂，我的归来或离去才是母亲心中的节气。母亲把剪来的韭菜淘洗干净，做韭菜盒子，两面煎至金黄，入口鲜嫩；也做菜托，掺入泡软的粉条，打入生鸡蛋，像鞋底，一分三四，吃到齿颊留香。包饺子，是母亲操持一生的手艺，逢年过节，或者家人团聚在一起，母亲都会张罗着包一顿韭菜馅的饺子，有团圆之意，更有融融暖意。

韭菜又叫阳草，含滋阴补阳之意。手脚冰凉，小腹冷，腰膝酸软或月经不调者可以多吃。这是韭菜的恩惠，也是大地之母浓情的赐予。我常想：如果没有了这些乡村植物，记忆里是否会一直空旷苍凉？我们流淌的血液会不会失去温度，身体如岩石般冰凉？

《齐民要术》里有记载如何种韭菜，说集市上买来的韭菜子，可以先试试发芽率：用小铜锅装水，放些韭菜子进去，在火上稍微那么一煮，过不多久生出芽来的，就是好种子。我看大可不必，我们村很多家后院都种韭菜，春头上拆开纠结在一起的韭菜根，移植到自家菜畦里，不出三个月就能吃上鲜嫩的韭菜。

老杜的“夜雨剪春韭”一句作何解，尚存在争议。一说是在雨夜里像我母亲那样剪一把春天的韭菜。有关此说，亦有异议。林洪在《山家清供》中说，此处的剪是指在屋里炸韭菜时，用剪子剪去末梢而已。林洪此说不能说全无道理，以常理度之，似无必要非得在下雨的夜里冒着泥泞去菜畦里割韭菜。一说与《琼林》记载的“林宗自种畦圃，友人范逵夜至，自冒雨剪韭，作汤饼以供之”场景相似。要我说这些争论都没有必要，一畦春天的韭菜怡然长在夜雨里，代表绵绵不断的情义，不妨把夜雨作为主语，手持一把虚无的剪刀，更剪更生更见新绿。

杨凝式的《韭花贴》可算是“草木《史记》”里的绝唱，其格调高过众多奇花异草。杨凝式，字景度，号虚白，陕西华阴人，自称“杨疯子”。《韭花帖》里说他午睡醒来，恰逢有人送来韭花，食后觉得味道鲜美，就情不自禁写下了这被称作“天下第五行书”的帖子。其功在韭菜。

母亲在时，秋天必以韭花做菜，骑三轮车十几里地给我送来。有青椒、黄瓜、捣碎的鲜姜、韭菜花，食用时佐以小磨香油。而今又是秋天，只见后院草木荒芜，间杂几束纤弱的韭菜花，一只落单的蜜蜂在孤独飞舞。

夜雨剪走了一把春天的韭菜，我心底的那畦思念却更剪更生更浓。

古意丝瓜

春天，母亲沿着土墙点了几粒种子，夏天就长出几根长长的丝瓜藤。丝瓜开黄花，金黄色的花朵点缀在一丛青碧中，画龙点睛般衬出一个田园之家简朴的欢乐。丝瓜有须，类似年画中的龙须，这些纤细灵巧的须子等同于丝瓜的触角，哪里光滑，它们就在哪里落脚，丝瓜便通过这些青绿的触角探知世界。

我家种丝瓜，一是用来做汤，以点缀清贫的时光。一场大雨过后，榆木门板上生出好些木耳，一簇簇，像是平白无故伸出的小耳朵，听风，听雨，听母亲来往于田野与家园之间的脚步声。来自后院的芫荽，散发着一种来自民间的奇异的香，漂浮在丝瓜木耳羹的湖面上，一如几茎清雅的莲。《随园食单补正》中也有有关丝瓜羹的记载，说的是杭州的夏日，以丝瓜、鞭笋、带壳的虾子做汤。虽色泽鲜明，但不如我家的丝瓜羹有味。我家的丝瓜羹有泥土味，有田园的味道，和母亲的味道。

再一种是炒食，北河滩上有鸡腿菇，朝日未开之前最好，鲜嫩、洁白，一株株单腿翘脚，有碧草白鹭的风范。鸡腿菇入水焯，断其生涩；葱段少许，爆锅，鲜香溢出土墙外；丝瓜切片，薄而脆，断生即可入盘。如此，青有青的透彻，白有白的质地，香有香的纯正，一盘丝瓜小炒，拂去心头燥热。

除却食用，我家的丝瓜还担负起清洁的重任。经霜的丝瓜业已成熟，外表看上去干瘪，而籽实早已饱满。母亲将其从丝瓜藤蔓上扯下，做炊帚。游走于民间的丝瓜，其实更体恤农人。这时的丝瓜相当于古代微服私访的某位清官，到民间来，凭借一缕炊烟的味道便知村庄的冷暖。

寡妇李二婶家也种了一架丝瓜，藤蔓长长，爬进孤儿鳏夫的青麦叔家。从此，两家就多了一些与丝瓜有关的话题。青麦叔是瓦匠，游走于乡间，青麦叔的儿子长生，常常被李二婶隔着墙头喊过去吃饭，一来二去，扯了丝瓜藤，推了破墙头，干脆过成了一家人。这是与丝瓜有关的乡村爱情，我会另作一篇《丝瓜补遗》，以飨读者。秋风已近，枯萎的丝瓜藤此刻再无赘言。

季羡林家的丝瓜，近乎神奇，他将对一株丝瓜的思考，上升到思想的高度。“它能让无法承担重量的瓜停止生长；它能给处在有利地形的大瓜找到承担重量的地方，给这样的瓜特殊待遇，让他们疯狂地长；它能让悬垂的瓜平身躺下。”（《神奇的丝瓜》）依我看，每一株草木都有自己的神奇之处，都有自己的生长法则。泥土，是地母的血肉，露珠，是星光的眼神，无怨无悔，迎向风雨便可像达摩老祖一样参透生命的玄机。

而我在杜北山的诗里，仿佛看见了我家的那株丝瓜。“寂寥篱户入泉声，不见山容亦自清。数日雨晴秋草长，丝瓜沿上瓦墙生。”平原无山，唯有星罗棋布的村落，我家就坐落在其中，青青的一围篱笆墙，表明我们与世界并无心理上的隔膜。低矮的瓦墙下，秋草还在雨后呐喊着生长，一根长长的丝瓜藤，擎起最后一朵金黄的花朵，吹奏黎明。

这是古意的丝瓜，一直以来都未忘却乡村。

山药到底“下”的什么蛋

山药属于内秀型植物，一根筋，朝大地的纵深处开掘。我想，这大略像一个用功写作的人，掌灯时分，伏在书案上，以现实为依据，以想象为翅膀，以人性为准绳，向着文学的圣殿掘进。我没有那么高的水准，也缺乏悟性，顶多像一株山药的地上部分，开白白的小花，结黑丑的山药蛋，看似藤蔓缠绕，实则思想贫乏。

山药的生长需要一个漫长的过程，春天开垦土壤，打深深的垄沟，夏天生纤细的藤蔓，缠缠绕绕，盘桓在预设的竹枝上，像青青的篱笆，又像瘦瘦的竹枝词。我在秋天的某个清晨醒来（昨晚灌溉干旱的玉米田，睡在星光笼罩的夜里），晨雾弥漫，旁边有片山药地，烟白的雾色下竟如连绵不尽的山林，蟋蟀在叶间低鸣，黄雀站在竹枝上扑扇翅膀，就差爱丽丝了，她来了说不定也能喜欢上这片微观的梦中仙境。

这多少有些夸大的成分，一如我本人的写作，习惯将平凡而普通的事物升华得很美好。这多少比某些高大上的抒情要好，起码，在缺乏美感的现实生活中能呼吸到人间草木纯真的气息。我表哥则不同，讲究实用主义，由于他及其村人的到来，我们村的土地价格陡然升高了许多，高得让人诧异——种植山药到底能赚多少钱？

我们村地处黄河故道，上游的泥沙在这里沉积，形成了深厚的黄壤土质，恰好，山药需要这样的温床，长长的根系在深入泥土时不至于遇到阻碍。

药补不如食补，山药作为保健食品，已经有两千多年历史，东汉《神农本草经》就将山药列为上品。不过当时的山药都是野生的，尚未有人工栽培。到了唐朝，《四时要纂》根据王道士的《山居要术》，才对山药栽培技术做了详细的记载。我表哥种植山药是花了大力气的，他相信“人有多大胆、地有多大产”的致富神话。土地承包金、鸡粪、猪粪、化肥、人工，钱从腰包里掏出来一点也不心疼。

电视节目里常能看见某位甚至多位大师活跃的身影，他们打着健康的幌子说着不着边际的话。有一年说松针泡水能治高血压，于是路旁的松树几天就变成裸体。有一年说绿豆能治高血脂，一夜间卖杂粮的小店被疯抢一空。有一年说大蒜能预防癌症，大蒜身价陡增。有一年啊，又说山药补中益气，久服耳聪目明，于是乎山药就成了抢手货。

山药是好物，一点没错。健脾益胃，滋肾益精，益肺止咳，益志安神，在很多文献中都能查到，就不劳大师们衣着光鲜地站出来一一介绍了。仅有二十余首诗存世的宋朝诗人卓田有诗可证："阳公得种自蓝田，种在深山不计年。雅爱茯神为伴侣，更邀枸杞作比联。俗名谩自呼山羊，佳口由来号玉延。啜尽羊羹殊可厌，借渠风味涤腥膻。"（《送山药与友人》）是说山药原本来自秦岭北麓，种植在深山里已不知多少年，一边与茯神为伴，一边又邀请枸杞来做芳邻。俗名山羊，佳号玉延，可除腥膻之气。

玉延索饼，出自林洪的《山家清供》："山药名薯蓣，秦楚间名玉延。花白细如枣，叶青，锐于牵牛。夏月，溉以黄牛粪则蕃。春冬采根，白者为上，以水浸之，入矾少许，经宿，净洗去涎，焙干磨筛为面，宜作汤饼用。如作索饼，则熟研，滤为粉，入竹筒中，溜于浅醋盆内，出之，于水浸去醋味，如煮汤饼法。如煮食，惟刮去皮，蘸盐、蜜皆可。其性温无毒，且有补益。”索饼，即今之面条，将山药磨筛成粉，再做成面条状，想来口味自是超凡脱俗。陆放翁也在后面跟着佐证了一下：“久缘多病疏云液，近为长斋煮玉延。”可见山药芳名久远。

到底到了收获的季节，农贸市场上的山药价格一天比一天低，头天两块九，过了一夜成交价八毛。我表哥还算精明，由于山药的采挖期较长，过完年等价格稍微上浮才开始挖，不舍得雇人，和我表嫂挖了几乎一整个春天。

山药蛋派，是说20世纪50年代至60年代中期，以赵树理为代表的一个当代的文学流派，都是山西农村土生土长的作家，有比较深厚的农村生活基础，以革命的现实主义手法来进行创作。这里的山药蛋指的是土豆，憨厚、质朴，和我想说的山药蛋不是一种东西。我们村管山药植株上结出的指肚大小的颗粒状果实叫山药蛋，母亲常放入玉米糊中熬煮，甘、面，微涩。

山药到底“下”的什么蛋，关键在于你用何种眼光去审视。

乡村蛋考

有一个问题，难住了很多史学家、生物学家，乃至哲人：先有蛋，还是先有鸡？由此引出另外一个胡搅蛮缠的理论：鸡生蛋，蛋生鸡，惹得一不小心用一根筷子敲死村西泼妇刘寡妇家正生蛋的芦花小母鸡的二大娘直抹泪。刘寡妇刀刃似的两片嘴皮子一张一合，不知要生出来多少歪理邪说。

鸡和鸭，都是乡村的坚守者，断不会登堂入室出现在城市高大的落地窗前，喝牛奶，品咖啡。那楼太高，不接地气，无草木陪伴，一层层钢筋水泥浇筑出只属于人类的小笼子。

我吃咸蛋，专爱吃黄。黄油流溢，若雨后彩虹；香味四溢，钻进每一个毛孔。蛋白太咸，吃起来像塞了一嘴盐。原因是母亲腌菜腌蛋时常用李二代销点卖的喂牛用的大粒盐，便宜。牛同于人，白日里拉犁拉耙，出一身汗，要补充盐分，否则，第二天就会趴窝。

母亲在时，春天里听见赊小鸡、赊小鸭的吆喝声，一定要买上几只。乡村小贩，心眼实诚，不说卖，给钱也不要，只赊。这彰显出穷人身上与生俱来的某种大度。顶多记下门牌号，或家里头谁谁的小名，来年再到村里上门讨要。（这期间瘟疫、失窃，人为下毒的生死叵测，几可忽略不计。）

时间能证明，诚信的硬度和存在的合理性。

村外二里有集市，逢集常有老翁、老妪挎一土篮，装着尚有鸡鸭体温、鸡屎鸭屎的鸡蛋、鸭蛋来卖。蛋在这时满足了村里人的日常用度。油、盐、醋，小孩用的铅笔、作业本，都靠卖蛋钱来换。黑与白，穷与富，蛋睁着那只圆滚滚的大眼睛看着，无可奈何。要不日本作家村上春树怎么会说："无论高墙是多么正确，鸡蛋是多么错误，我永远站在鸡蛋这边。"这种靠边站充满悲悯、良善，属于那种毫无理由的原始心态。

我看蛋时，易冥想。想蛋壳里的盘古，打了个哈欠，一个鲤鱼打挺站起来，头顶天，脚踏地，脖子上青筋突突直跳，撑开万物生长的天与地。人不自知，好折腾，说不定哪天你的那枚蛋看不下去就会自动闭合。滚蛋、完蛋、混蛋、瞎扯蛋，说的基本上就是这层意思。

这是贬义的蛋，蛋依旧一派圆融，啥也不说，眉目清秀地活在我们的冥想里。当你学会画蛋时，大致就搞懂了人生的基本道理。

羊汤启示录

我们村里出来的人有着大致相同的童年，听着羊咩咩的叫声入梦，在羊跳圈的声音中醒来。

老河滩是天然牧场，放牧羊群，也放牧我们的童年。没人管，爬树抓鸟，下河捉鱼，进田偷瓜，全在一时兴起。羊们安然。按性格来说，羊是动物中的草木性格，与世无争，与人无争，当然与命也无争。

我们的邻县，单县，以羊汤颇负盛名，我小时跟随母亲去三哥当兵的驻地，途经那里。羊汤馆很小，但见顾客盈门，滚沸的汤锅里羊肉羊骨翻滚，奶白的汤色，味儿有一片云大的面积，经久不散。那是我能记住的第一次喝羊汤，用小汤匙小口小口地喝，生怕喝完。

相比羊汤，我更喜欢那家羊汤馆的名字——三义春。

据说，这家店当时由徐、窦、周三家联手创建，故取名为“三义春”。名字里有人情味，也体现出了羊的群居精神，以至于后来有人说单县羊汤必须用当地的地下水，羊一定要用土生散养的青山羊，不然，其味寡淡。

其实我想说的是另外一层意思，那还得从家常的羊汤说起（窃以为，凡是看似久负盛名的东西并不见得就一定好，即使好也不会像宣传中那么夸大其词）。家常羊汤又叫红汤羊汤，是羊汤的另一种表现形式。每到年关，母亲就会请村西的屠户胡大海来我家杀羊，喊我扯羊腿（扯羊腿在我们村里还有打酱油的意思，孩子大了，能干一些力所能及的活儿）。我闭着眼，扭着脖子，手臂颤抖，直至听见羊的最后一声哀鸣。接着，羊汤的香味就扑面而来了，也冲淡了童年的一丝惊悸。

所谓红汤，就是在煮好的羊汤中添加红辣椒：干辣椒和羊油一起剁碎入锅，水开后滤除辣椒皮、辣椒籽儿、花椒、大料、桂皮、香叶、草果一应作料。多加盐，这样出来的叫大炖羊汤，浓度高，味道足，但并不算适口。有一年，我去姨哥家走亲戚，姨嫂盛情，从大炖羊汤里盛了满满一大碗，上面还漂着陈皮、香叶、桂皮，当时年岁小，剩碗根儿怕人笑话，撑到从板凳上爬起来摇摇晃晃回家。

自此，落下看见大炖羊汤就心悸的病根儿。

最好的吃法应该是一半老汤，一半水，放入纯正的地瓜粉条、白菜（白菜须汤沸下锅，断生即可。否则，白菜的甜味就夺了羊汤的香味儿），寒风中夹杂着雪花，一碗滚烫的羊汤漂着一层暖暖的红意，直吃得满头大汗，口舌生津。

一个地方有一个地方的代表性吃食，不一定太奢侈，但一定要有故乡的味道。湘西的腊肉，东北人的酸菜猪肉炖粉条，川人的麻辣火锅，兰州的牛肉面，已成游子胃囊中的一种记忆，虽天涯终生难以改变。

我们村的羊也肩负这样一个重任。风尘仆仆归来，看见老河滩，看见村庄里的炊烟，就闻见了扑鼻而来的羊汤的香味儿。霎时间，具体了乡愁的味道和含义。

拈风吃花

我家在村前半坡上有块地，八分地，数了数共计有坟头五座。五个先人看守同一片土地，大可让人放心，况八分地上都种了油菜。春来油菜花儿开，先来品尝的是蜜蜂和蝴蝶，不过这些都不能勾起村人无限的风情和遐思，他们考虑的是油菜的收成。守着土地的先人偶尔也出来看看油菜花，一片金黄，是梦中才有的颜色。我母亲采油菜花的时间把握得刚刚好，专掐主枝上的花苔，据说很快就能生出很多侧枝，且不耽误收成。

采来的油菜花叫薹菜，可炒，可蒸，也可凉拌。我喜欢凉拌，噙入口中，有春风丝丝的清凉，有半坡上露珠与月光的味道。

后来我读《诗经》，遇到如下美好的字句："手如柔荑，肤如凝脂，领如蝤蛴，齿如瓠犀，螓首蛾眉，巧笑倩兮，美目盼兮。”短短二十八字瞬间把人击倒。人怎么可以这样美？这么好看的女子难道只生在古代，生在祖先的《诗经》里？

人的美到底是需要草木衬托的，“柔荑”二字原本指的是白茅的嫩芽。我那时尚小，老河滩上的白茅在春天的挑逗下生出柔柔嫩嫩的芽尖，小心翼翼抽出来，剥开薄薄的外衣，露出颤巍巍的“柔荑”，含在嘴里，齿颊生香，原野的香，泥土的芬芳，串联起一生难忘的儿时梦境。

杨万里爱写梅花，句子里点点梅朵，白梅、青梅、红梅，各有各的好。有一首《夜饮以白糖嚼梅花》，读来叫人伤感，伤感中直想尝尝梅的白、梅的青、梅的红，是否对应白酒的挂肚牵肠、青酒的郁郁苍苍、红酒的淡若琴弦。“一花自可咽一杯，嚼尽寒花几杯酒。”品完一树的梅，不知要醉几千场，能不诉离觞？

我们村里多在田间地头种木瓜，非“投我以木瓜，报之以琼琚”的木瓜，应该属南瓜的一种。南瓜也开谎花，像个喜欢说谎的孩子，一路小嘴吧吧，开一路不结果的花。谎花多了无用，餐桌上于是多了一份清炒谎花，整朵花，大概知了羞耻，终于闭上嘴巴。有些人该多吃谎花的，以免忘记羞耻之心，虚报政绩，瞒报民情，到头来庸庸碌碌，愧对大地苍生，也愧对那些眼眸清澈的草木之花。

花是草木之心，有太多芬芳的心事需要吐露，其气必天然中和。读《红楼梦》，薛宝钗幼年得了一种怪病，什么名医仙方俱无能为力，得亏来了一个秃头和尚，开出一方“海上方”：以春天的白牡丹花蕊、夏天的白荷花蕊、秋天的白芙蓉花蕊、冬天的白梅花蕊，再配以雨水节气之雨水、白露节气之露水、霜降节气之霜、小雪节气之雪和蜂蜜、白糖调制而成。这也许是曹君的杜撰，以为只有草木之花才能拯救一个如花的女儿，不知葬花的黛玉看了怎么说。

其实我们村还有很多花可吃。春天的榆钱、刺槐花，既可煮汤，又可裹以白面煎炸。夏天的金针花，红红黄黄，在老河滩上一路旖旎，可清炒，也可风干贮藏，留至年节时作为红烧肉的绝配。秋有霜花，房檐上，枯草间，惹人生出一路风霜的感慨。冬有雪花漫天，可以听见麦苗的私语，以及分享雪花盛宴的满心欢喜。

二娘善于烹制初夏的青荷。满月的一盏荷花，抹上花蜜，裹以面粉，整朵煎炸过油，粉白粉红转至金黄，食之清润芳香。但二娘很少为之，说青荷即莲花，菩萨由莲花而生，专为普度众生。我们似懂非懂，小小的梦里一朵朵莲花逐水而来，又逐水而去，似那清晰又缥缈的希冀。

拈风吃花，幸好有流年中的那些花朵作陪，才抵御了烟火岁月里的伤感、困顿、孤独与寒冷。

千年葱花面

葱花面许是乡下母亲的发明：面少许，蘸一缕乡村的月光，用新汲的井水和匀。在擀面之前放入浅浅的陶盆，这个过程叫饧，与“醒”同音，意即贮藏了一段时间的麦子，经过石磨的推敲与研磨，灵魂开始复苏，身上的毛孔因月光与井水的清凉打了一个冷战，睁开睡梦中的眼睛。

我从小喜欢吃面，母亲的手擀面。一根圆润的擀面杖用柳木制成，下面铺了千年的小麦之粉，静听，有我童年柳笛的声音，有村前小河流水的声音。饧好的面，筋骨舒展，柔韧，筋道，母亲用擀面杖一圈圈擀轧，像是手中铺展了一方洁白的荷叶。

起身的饺子落脚的面，来源于我们朴实的《村庄志》，也从吃食的层面解读了待客或礼仪之道。远方的客人来，扑落一身星光与灰尘，家中的主妇就从厨房里盛来一碗热气腾腾的葱花面，细细长长的面条寓意衷心留客人盘桓几日。起身的饺子，也是乡村朴素的面食，且不管内容（馅）如何，单是蕴含的那份祝福也能让即将踏上旅途的客人心满意足。（有时我很佩服民间的一些思想，纯粹、质朴，自己家徒四壁，也希望远行的客人吃了元宝状的饺子后，财源滚滚，一路平安。）

一碗四千年的面，是由中国科学院地质与地球物理研究所的科学家发现的。2005年，他们在黄河上游青海省民和县喇家村进行地质考察时，在一处河漫滩沉积物地下3米处，发现了一个倒扣的陶碗。碗中装有黄色的面条，最长的有50厘米。研究人员通过分析其成分发现，这碗面条已经有约四千年历史。

四千年前，陶在岁月的深处闪光，我们的祖先开始放牧于南山，于游牧的山野上，钻燧取火，抓一把石器舂捣的面粉，取一瓢潺湲的溪水，在皎然的月光下，沸水开花，下了几碗用手扯成的清汤面。那是稀汤寡水的年代，每个人的眼眸深处，尚未闪烁游移不定的狡黠。一碗面推让到最后，巨大的洪流袭来，让这碗面被掩埋了四千年，也让我们寻找了四千年。

意大利可谓是面的天堂，如今意大利人每年可以吃掉一千万吨面条，在罗马市中心附近，甚至还建有一座别具一格的面条博物馆，慕名前来者络绎不绝。我独喜欢一种叫作“天使的发丝”的面条，虽未吃过，也被浪漫的罗马人折服。上天赐予的粮食与食物，又化作天使的发丝，翩然而落。这接近诗歌的灵魂，如同一个颠沛流离的民间诗人，念念不忘美丽的乡村，不忘母亲的手擀面，情到深处，一行清泪一行诗。

北方有面，南方有粉，制作材料虽不同，但绝无本质的差别。有一年我去湘西，几乎顿顿吃粉，爽是爽，辣也够辣，但湘西腊肉的陈香，弥漫在一碗红油辣子粉里，却不能更好地融入我北方的胃囊。于是和朋友一起寻找面馆，找遍了凤凰古城，连一根面的影子也未看到。恰好听见一声熟悉的乡音，大意是想吃面想得想哭。我凛然一顿，那是故乡的葱花面在远方招手。

“一碗葱花面，想得眼泪流，生旦净末丑，好汉不回头”，是我篡改了陈小春的歌词。想起母亲知道我即将回家后的某些场景：从陶瓮里取出一瓢新麦面，饧好，转身去村东的菜地里薅一把鲜嫩小葱。趁着蒸腾的热气，开水浇好拌了小磨香油、青盐、葱花的浇头。面的深处，还卧着一枚清清白白的荷包蛋。

那是母亲的葱花面，在等我回家。

补遗：槐叶清面

小时候我家有株大槐树，国槐。槐树旁边是一扇破旧的柴门，清早打开，吱呀声唤醒院子里的鸡鸭鹅，我家养的那只老母猪也哼哼几声，翻了个身。我听见小猪吃奶的声音，嘬，嘬，嘬，像是天籁。

有一天，母亲做了手擀面，端上来，竟然是绿的。面汤像是初春的一汪水，面条像是漂浮在水面上的柳叶儿。这是母亲的体验艺术，比我现在写的小品文不知地道了多少倍。新生的槐树嫩叶，捋下来，开水焯过，要漉出的水，叶弃之不用。槐叶水和面，柳木的擀面杖来来去去，擀出一方小小的绿色草原。

这叫槐叶清面，味儿鲜嫩，如春风入喉。

后来我读林洪的《山家清供》，蓦然心惊，原来此法早已流传于民间。杜甫有诗："青青高槐叶，采掇付中厨。"说的即槐叶面的做法。被林洪偷换了概念，称作槐叶淘。听名字就像一个调皮的乡下孩子，爬上我家门口的大槐树，猴子样穿梭在森绿的枝丫间。

那时候我有很多时间，用来观察院子里的一切事物。现在所写的文字，大多来自当年的场景。不知道谁说过，完成回忆的过程就是成为一个作家的最好路径。我倒不是以为自己记忆力高于常人，相反，只有循着某些事物的纹理，才能找到通向记忆城堡的路径。看鸡上树，扑闪着翅膀，从墙根下的犁杖上，飞跳上土墙，再从土墙上飞到大槐树最矮的枝丫上，呈阶梯状，一点点接近乡村质朴的梦境。而后是夕阳渐落，落在二娘家的屋脊上，圆圆的，周围几缕云，像是夕阳的泪痕。这时壁虎出洞，一只，两只，沿着我家的土墙，爬上大槐树，再沿着枝干爬到一根树杈的枝头，距二娘家的屋檐大约两尺宽，而后羚羊跳崖般，一只只飞落在二娘家的屋檐。

林洪的槐叶淘，做于夏天："于夏，采槐叶之高秀者。汤少瀹，研细滤清，和面做淘。"类似朝鲜冷面。我吃过几次朝鲜冷面，冷掉牙齿的冷，硬而不爽。而母亲做凉面，是用新汲的井水，其质清冽，佐以腌胡萝卜、在铁锅里熥熟的芝麻做的芝麻盐，加入绿色的槐叶面，吃到嘴里有一种草木的清甜。

可见，最好的吃食大多来自民间，现代人生活节奏快，想吃可口的东西只能到饭馆，这就少了一个亲身体验的机会。譬如西方的接受美学，只有个人的深入阅读才能感受到作者文笔之外的风情。二手的生活，口水般淹没我们来自日常的欢愉，机械化、流水线、复制式的生成，克隆的只能是外在形式，缺少的，恰好是至关重要的内在神韵。

我家的那株大槐树，十几年前已经刨了，母亲当时想要卖与哪个木匠，后来发现树干接近中空，随处可见曲曲弯弯的蚁道与虫洞，只好作罢。这曾经是它们的天堂，也为少年时的我撑起一片阴凉。

好多年没吃到碧鲜可爱的槐叶清面了。每到夏日，米黄色的槐米散发出的阵阵幽香，直能牵惹出人的泪来。

“小米加步枪”的前身

小米的产量不高，从经济学角度来说，属投入与产出不成正比的谷物。大田种小麦、玉米或棉花，夏至过后麦场便闲置起来，父亲让我扛一把抓钩，把麦场的泥土翻起来。光秃秃的麦场，被牛拉着碾子轧了一万遍，硬度堪比放了半年的油饼，一抓钩下去一道白印儿，让人心里陡然升起一种崇高的革命意志。

小米加步枪是革命成功的法宝之一，是陕甘宁边区广大军民从实践中摸索出来的制胜武器。

这是充满革命浪漫主义情怀的小米，骨子里涌动着战天斗地的热血。

我们村的小米没有那么大的志向，凡低洼地头、闲置的麦场，撒上一把种子，接下来便只需等待收获。鲁西南的民俗中，每逢妇人坐月子，村子里的邻居必送小米和红糖。我看着眼馋，无奈自己功能有限，所以很多时候只能看坐月子的妇人们吃小米红糖加鸡蛋吃到直皱眉头。后来听到一首歌《父老乡亲》："胡子里长满故事，憨笑中埋着乡音。"我一直以为是在唱"谷子里长满故事，喝粥时带着乡音"。这是听觉上的错讹，与谷子无关。

《吕氏春秋》说："（谷）苗，其弱也欲孤，其长也欲相与俱。是故三以为族，乃多粟。"是说谷苗幼小时要单株稀疏，长大时要彼此相伴，成熟时要相互扶持。因此才留苗三株作为一族，体现出谷子的互助精神。就像我们村的邻里关系，穷帮穷，才有希望走出穷窝。

说到这里，似乎还没有进入正题，我们村里所说的小米，就是古书中生长的粟。《春秋说题辞》曰："粟之为言，续也。粟五变：一变而以阳生为苗；二变而秀为禾；三变而粲然，谓之粟；四变入臼，米出甲；五变而蒸饭，可食。"说粟有五变：一变，阳和始生为苗；二变，长大孕穗为禾；三变，光灿灿结果，叫作粟；四变，舂去外壳，成为米；五变，蒸成饭，可以吃。这样的叙述未免有些累赘，无非说粟生成米，米做成饭，三变可矣。

村子里的麻雀最喜欢吃谷子，若不采取有效措施加以防范，最后只能收获一把随风飞扬的空壳。于是稻草人适时出场。在我们村的土地上，稻草人多年来勤勤恳恳守护在田埂上，相当于最后的谷田守望者。麻雀袭来，往往一窝蜂，铺天盖地，叽叽喳喳说着情话，谈论着当下的收成，妄图一劳永逸。事实上，我看麻雀是最为“辛勤与无私”的种群，不像老鼠、蚂蚁，俱会暗度陈仓的勾当，像当下一小撮贪官污吏，一边吃一边拿，一边分给众多小情人。

叶圣陶在《稻草人》中的叙事，属于象征意义上的抨击黑暗现实，其实一个稻草人又能如何呢？只能站在故乡的田埂上做做样子，顶多算是道德层面上的微言劝说，用来吓唬吓唬小麻雀还行，对“大老虎们”根本无可奈何。

衣衫褴褛的稻草人，见证了父亲的最后时光。酷热的夏日午后，父亲从病床上爬起来，去谷子地锄草，半瘫的身体投影在谷子地里，像是随时就能被风吹走的剪影，豆大的汗珠涔涔落下，落在稀疏的禾苗上。

父亲没有看过《氾胜之书》，却知道“苗生如马耳，则镞锄”的道理。五谷，唯有苗小的时候锄最好。苗长出垄沟，进行深锄，锄的遍数越多越好，锄过一轮，回头再锄，不要因为没有草就暂时停止。锄的作用不光是清除杂草，最主要的是把地锄熟了收的谷子就多，糠少，出米率高（这有点善待别人就等于善待自己的意思）。

那一年，父亲最终没能吃上自己管理的新米，只留下一个单薄的剪影。从此，我家再也没有种过谷。

03

第三辑

一扇窗

一扇雕花的木格窗棂 / 打通时光之墙 / 此境是我 / 他境是一座安详的村落 / 彼此深情凝望

yi

shan

chuang

坠子余韵

坠子发源于东京开封，属于民间戏曲的一种。开封府断案如神的包大人大概听过，小时候，由嫂娘领着，沿着曲折蜿蜒的阡陌，到别村，去听坠子戏。

我不需要谁带领，黑黢黢的夜里，一个人，循着刘二瞎子一阵紧一阵慢的催声鼓，就能找到一棵大树下。唱坠子戏最好的地点应该就是村口的大树下，风清凉，星闪烁，月漫洒，刘二瞎子总能在敲过第一波催声鼓后，喊来村东村西的乡邻。本村的，端着碗，蹲在石碾子上。有小孩穿行于单薄的夜色中，继而爬上矮矮的麦草垛，坐定，听刘二瞎子喝了一口酽茶，清了清嗓子，开始慢敲简板，轻曳二胡。

坠子戏不同于正本大戏，生旦净末丑纷纷粉墨登场，有时只一人，脚踩鼓（极像现代人的架子鼓，不过没有那么疯狂），简板放于案上，怀中一把坠子胡，念白时方才停下，慢摇简板，道出那些月白风清的念白。有时两人合作，另外一个往往是女的，这样但凡出现旦角，就不用刘二瞎子捏着嗓子装女人了（尽管村里的小媳妇很喜欢刘二瞎子的女人腔，柔起来能让男人肝肠寸断，让女人泪眼蒙眬）。

我不懂戏，按二大爷的说法应当归于戏盲之流。但我很善于走进坠子戏的某些经典情节：穆桂英骑马闯进天门阵，一杆银枪左挡右刺，杀得敌军鬼哭狼嚎；少年罗成，一身素白盔甲，可惜被一位乡间扶乩之人下了诅咒，英雄命短。有时我想，我若是生在古代多好，可以“月亮娘，八丈高；骑白马，带大刀；大刀快，割韭菜”。这是二大娘教给我的童谣，跟由坠子书产生的英雄情结不搭。

说书不说书，上场四句诗，这“四句诗”相当于中药里的药引子，我以为是最好的诗。“说的是墙上画马不能骑，地上画牛拉不动犁。门框上有个大头钉，拔下来是个黑窟窿。”

夜就真的黑下来，大槐树上的灯笼在风中摇晃。听者进入冥想状态：一会儿冲进敌军阵营，砍头宛如刀切菜；

一会儿后花园里诉衷情，你侬我侬。说者近乎痴人，忽而横眉立目，怒叱佞臣秦桧，忽而躬身如猫，黑衣夜行，是鼓上蚤时迁，潜入宋军营帐。

有一次二大爷从状元刘楼听罢戏归来，内急，钻进一片小树林。忽而眼前豁然明亮起来，俨然一座旧时庭院。门口有一年少女子，手提灯笼，嫣然一笑竹篱间，二大爷登时看见自己身上着了一件青衣长袍，口有吟哦："蒹葭萋萋，白露未晞。所谓伊人，在水之湄。"莫要看不起，二大爷毕竟读过两年私塾，吟诗时也摇一把破蒲扇，手拈几根黄短须，二大娘谓之"发烧了，烧得不轻"。

以上情节近似于蒲松龄笔下的神狐鬼怪故事，是二大爷一个人的聊斋。醒来，茫茫霜地，空无一人，唯见新坟旧坟，掩映于枯草间。

乡间谓之"鬼打墙"。

针头线脑说笸箩

说的是针线笸箩，大肚能容，像一弯乡村的湖，闪着针尖挑起的月光、丝线串联的雨珠，以及母亲手指上的顶针对遥远的青铜时代的眷念。

我熟悉母亲的脸庞，从青年时的皎然如月，到年迈时的布满沟壑。在每一条母亲独有的褶皱里，都珍藏着每一个儿女成长的履痕。多年以后，当你面对一只孤单的旧时笸箩，思念还会穿针走线，想起那些单薄的光阴。

笸箩代表着乡村妇人的手艺，里面盛放的可能只是日子里的断简残篇，但就是这些简单的针头线脑，充当了有米可炊里少得可怜的米粒。

前院的三嫂，其实小不了母亲几岁，拎起一件稀奇古怪的物件让我来猜：短而敏捷的两只耳朵，黄白交错的花纹，尖利而夸张的牙齿，脑袋前面三横一竖，是我几年后才在乡村学校土泥台子上学到的“王”字。那是一只老虎帽，后来我戴了好几年才舍得丢掉。实际上一生从未丢掉，只要想起，就会看见一个憨憨笨笨的孩子，走过村庄的角落，穿过月光，抖落一身尘土，像是刚从在原始洞穴的蛰伏中醒来。

用来编制笸箩的是老河滩上的杞柳，柔软的枝条漫过一阵夹杂着水草气息的晨风。在乡下，土地是柔软的，树的枝条是柔软的，母亲的心是柔软的。母亲手拈一缕细细的丝线，串联起那些柔软的时光。“筛笸箩，打场场，磨麦子，看姥娘”，就连笸箩里的童谣，也柔软得让人心疼，仿佛闭上眼就能触摸到柔软的陈年往事。

我家兄弟姐妹多，母亲的笸箩里常常有各种花纹的布头，都是从集市上的缝纫摊子搜罗来的。那时家境贫寒，破旧的衣裳不舍得丢弃，母亲就用那些碎布头，牵针引线，密密缝补，抵御风寒。偶尔，母亲也会给姐姐们缝制沙包（类似毽子，乡下女孩子用来投掷），给我缝制土气的布老虎，里面填以麦糠。

我想，也只有乡下的母亲，才能将一只笸箩的功用发挥到极致。

同样的笸箩，在唐朝的月光下静默。50岁的溧阳县尉孟郊，走在离家漂泊的路上。往事钩沉，居无定所的生活更是加深了对母亲的思念。这时的笸箩承载着一个人的宦海浮沉，也承载着游子柔软的乡愁。“慈母手中线，游子身上衣”作为亲情与故土的维系，让笸箩多了一份质朴的人文关怀。由此可见，真正意义上的文学并非云山雾罩故弄玄虚，针头线脑铺陈的叙事风格，往往更容易撼动内心。

《红楼梦》里笸箩作为道具出场，有法器的功用。“两个姑子先念了佛偈，然后一个一个（豆子）的拣在一个簸箩内，每拣一个，念一声佛。明日煮熟了，令人在十字街结寿缘。贾母歪着听两个姑子又说些佛家的因果善事。”每一个豆子就像一句偈语，大珠小珠落笸箩，有福寿连绵不尽之意。

走在乡间，我还时常能听见走村串巷“翻笸箩，翻簸箕”的吆喝声，大多是南方竹器匠人。翻即修理。一只笸箩经历过唐朝的月光、宋时的风雨，已沧桑了容颜。母亲走后，落寞的针线笸箩和一些杂物堆放在墙角，空空荡荡。

那根挑月的针呢？那些串联雨珠的线呢？想必已追随母亲而去，再也无法和一只旧年的笸箩心手相依。

“爬烟囱”，以及有关死亡的絮语

“爬烟囱”其实不是一件力气活儿，我们村里人对“爬烟囱”的理解，就是死亡。我一直佩服村人丰富的想象力，人老死在简朴的老屋里，灵魂忽忽悠悠就飞出了窗外，烟囱耸立在蓝天白云之下，每上一个台阶就感到身体（灵魂也该有自己的形状的，但肯定不会像晚年时那般老态龙钟）更加轻盈，愈来愈高，就像生出了透明的翅膀，一刹那，御风而翔。

土墙，以更加简朴的形象出现，村子里的老人觉得只有一截子土墙才能理解他们晚年的心境。他们不想告诉儿女，留下一些咳嗽，一些心里想说的话，给土墙听。土墙旁有贴着墙根行走的风，也许风能听懂，默然传递着死与生之间的消息。

六爷告诉我，他也怕死，但怕能解决什么问题呢？就想说说死的好。死了的人若是没做过违背原则的恶事、坏事，基本上都能有一个好的去处。渴了，喝花间露水，饿了，嚼洁白的云朵，闲了，可以御风而行，看遍祖国的好山好水（也有可能去外国，不用办签证，也不用移民）。

我看着六爷沟壑纵横的脸，能联想到死亡在他心目中的样子：一个人，决绝地走，儿女的哭喊也不能再次打动，心如止水的脚步在空气中游弋，很像一条游入大海的鱼。再回首，已是沧海桑田。

庄子对死有自己的理解。宁静的月光下，看着妻子近乎熟睡的脸庞，他也不是不想哭，几度哽咽之后，忽然明白了一些事情："杂乎芒芴之间，变而有气，气变而有形，形变而有生，今又变而之死，是相与为春秋冬夏四时行也。"这是悲伤之后的解脱，是无奈的牵挂与祝福。击吧，缶在眼前，是祭祀的陶土；歌吧，郁在心中，是对死亡的另一种剖解。也难怪惠子讶然，世间总有一些人不能看破生死。

我们村对死还有一种说法，就是"喝杂菜汤"，一说明日要去谁家"喝杂菜汤"了，那家必是死了老人。当时年幼，村里的老支书死了，父亲领着我，随了五元钱，我就坐在父亲身边，期盼着很快能喝到老支书的杂菜汤。老支书家的杂菜汤果然不一般，每人一大碗，表面漂浮着连接成片的油星子。烫，我喝了一口就放下，父亲在碗边吹了吹，然后吸溜一下，以作示范。葱花、肉丝、香味老高的作料味儿，即使喝到最后嘴里烫掉一层皮，也还是回味了好些天。一直到现在，杂菜汤的味道都大于死亡的气息。

既是死亡，就离不开棺材。我们村里的老人无不对棺材表示出一种超乎寻常的热爱，四大爷在这方面可谓未雨绸缪。还壮得像一头牛的四大爷托人从关外进了一种上好的木材——红松做棺材，成了当年一景。四大爷说："看吧，就这木头，三五百年未必能朽，到时候挖出来做门扇肯定结实耐用。"以前，我对死亡几乎没什么概念，也曾像庄子那般冥想。人死去的是肉体，而灵魂永生，不远不近，还在默默凝视当年熟悉的事物和曾经生活在同一个屋檐下的亲人。会有一天，灵魂再次种子般落进泥土，死而复生。年前读书，陈希米的《让"死"活下去》，读到："什么是永远？""死，是永远。"蓦然心惊，有太多的恸隐藏在我们心里，一旦面对死亡，巨大的哀伤能瞬间将人击倒。

田野施肥记

“要说肥料还是人粪尿，”麻秆一边说着，一边从粗瓷碗里搛起一块南瓜，金黄，“瞧，这就是我用从村学厕所里掏来的大粪种的，一不小心一只脚还滑进了粪坑里面。”众人吃吃笑，胃口浅的人便端着碗，溜到离河堤远远的地方，原因是麻秆每次吃饭都要说到大粪的好处，且眉飞色舞。

年少时，我好像与土地有天生的距离感。我们村家家院子里有粪坑，猪粪、羊粪、鸡鸭粪，一律倒在粪坑里；粪坑旁边有水井，洗米、淘菜、刷锅水，一概倾尽粪坑里，大约四季里总有粪土要掏。有关粪土积制和加工的方法，宋元时已具雏形。南宋农学家陈旉提出：“若能时加新沃之土壤，以粪治之，则益精熟肥美，其力常新壮矣。”

“庄稼一枝花，全靠粪当家。”这是俗到不能再俗的一句农谚。母亲让我把粪水从粪坑或者猪圈、羊圈、牛棚里弄到村口空地上，堆成堆，这叫烧粪，相当于构思一篇文学作品之前的腹稿，条理要清晰，一点马虎不得。有细致者常挖来塘泥，在粪堆上抹一层，以便隔离空气。如同创作之前的冥想，让思想发酵，让主题沉淀，以便灵感来时行笔如风。

我喜欢刨开粪堆时的情景，这时粪水已经沤化成肥，消弭了原先刺鼻的味道。工要细，抓钩耧开，用铁耙细细耙梳，直至成粉状。尤其初春，村外冰雪未消，土家肥升起缕缕青烟，像粪肥的灵魂，而要旨尚且留在里面，等同于给庄稼熬制好的上等补品。

我的同乡贾思勰，很早以前就发现了草木的妙用，并慷慨写在《齐民要术》中：“凡美田之法，绿豆为上，小豆、胡麻次之……其美与蚕矢、熟粪同。”意即作家可以以文养文（虽然当下很难实现，但仍然不失为一个好的办法）。收获后的绿豆、小豆，母亲叮嘱运回家里，一应拉拉杂杂全部收入粪坑。有时，你会看见平静的粪坑里起了很多气泡，且连绵不断，那是呼吸着的农家肥，在养精蓄锐，等待奔向无边的田野。

那时我家穷，养殖的牲畜也少，所以积攒下来的基肥常不够用，眼看到了收获的季节，布谷鸟瘦瘦地叫着，我家的小麦细如牛毛，麦穗上没有几个麦粒。有个在县化肥厂工作的亲戚眼看我家要揭不开锅，便找人从化肥厂批了几桶氨水。氨水桶近似现在的柴油桶，一桶二三百斤，掀开盖子，一股刺鼻的氨味能把一头牛熏倒（插一句：氨水可治野蜂蜇人，在被蛰的地方稍稍涂抹一点氨水，效果与哺乳期的乳汁同等功效，立竿见影，不信你让野蜂蛰一下试试）。

春天的田野上，我还做过一件比较附庸风雅的事——把烧好的基肥运送到麦田里，用一根木棍在冰雪消融的大地上写诗："粪是臭的，饭是香的。一粒粮食有没有粪水的味道，只有种田人知道。"一直到现在尚未发表，随一阵风，收进了田野文集，和野草、庄稼一起茁壮生长。

就在昨天，某文学奖进入公示阶段，我才想起田野里的玉米该施肥了。阴有小雨，玉米及腰，绿风控施肥，氮磷钾含量：28-3-5，每亩一百斤。不用农家肥好多年了，《知本提纲》中提到的人粪、畜粪、草粪、火粪、泥粪、蛤灰粪、苗粪、油粕粪、黑豆粪、皮毛粪早就不见了踪影。

田野上生产出来的谷物，还是不是原初的味道？我也陷入了惶惑之中。

陌上犁

陌上有花，但更多的是庄稼。野花开得再好，我们村里的人也无暇顾及，他们专注于脚下的土地，专注于手中扶着的犁杖。犁，充分显示出仓颉造字的魅力，上有尖利的犁铧，下有忠诚的老牛，一躬身，犁开初春的田野，哞鸣悠远，翻开我们村的农耕史记。

《陌上桑》："秦氏有好女，自名为罗敷。"一看就是一个聪慧的女子，从蜿蜒的阡陌上走过，刮起一阵散发着香草气息的风。走路的人看见，放下肩上的担子，从腰间抽出毛巾，做擦汗状，内心漾起初春的涟漪。读书的少年，放下手中的书卷，《三字经》《千字文》，此时化作一片片缥缈的白云，唯有一个婀娜的身影，占据少年的内心。耕地的农人自不必说，干脆放下手中的犁杖，坐在田埂上看罗敷从眼前款款走过。

这样的场景今日怕是看不到了，大型拖拉机牛气冲天地绝尘而去，卷走了一个时代，也带走了农耕文化的漫长图谱。

我见过一册古旧的《耒耜经》，繁体，竖排，像是一行行整齐的垄沟。陆龟蒙披着唐朝的月光，一边走，一边默念着那些有温度的词语："犁、爬（即耙），碌碡。……"（我数过，整整633个字，一个不多，一个不少，就像一分田里种了633株庄稼，每一株都青青灵灵、葱葱郁郁。）我喊，陆老先生忽而沉默不语，看着身后一件一件消逝的农具，拈着胡髭，点燃一锅唐朝的旱烟，呛出眼泪。

《耒耜经》里记载的犁，共由十一个用木头和金属制作的部件构成，可以控制并调节犁耕的深度；长两丈余，十分庞大，必须双牛才能牵挽。我们村里的农具也是一脉相承，犁辕、犁槃、钩、犁评（垂直调节器）、鐾刀、耜、犁铧，一个都不能少。贾公彦在《周礼注疏》中说："周时未有牛耦耕，至汉时搜粟都尉赵过，始教民牛耕。"可见犁的产生，在中国已有两千多年。

"工欲善其事，必先利其器。"尽管六爷未读过几年书，但也懂得其中的道理。犁杖是上好的刺槐芯木，用刨子刮得顺滑称手；犁铧是我们村最好的铁匠马三的手艺，九九八十一次淬火、锻打，指尖轻弹泠泠有声，像是村前流淌的河水，清澈透明。我见过六爷耕耘，一头黑色的犍牛，拱起高高的肩胛，脚踩大地，写下深深的诗行，六爷鞭哨清脆，响遏行云。

早年曾去过大别山区，那里山岭峻峭，别说牛，就是人行也颇费力气，所以耕耘就存在很大的问题。踏犁，是我见过的最原始的耕耘工具。缺少耕牛的地区，普遍使用，在今天川云贵少数地区仍有踏犁的实物。宋朝周去非在《岭外代答》中写道："踏犁形如匙，长六尺许，末施横木一尺余，此两手所捉处也。犁柄之中，于其左边施短柄焉，此左脚所踏处也……踏犁五日，可当牛犁一日，又不若牛犁之深于土。"

踏犁也称"镵""脚犁"。耕耘季节，在高高的梯田里，用脚踩踏一旁的横木，达到翻土的效果，可见山民生活的困顿与辛苦。

20世纪80年代初分田时，我家分得一副犁杖。那时父亲已经患病，撑着半瘫的身体去耕地，我家那头牛虽听话，开始时仍需要人牵引才能走出一条长长的直线。我赤脚牵牛走在田野上，父亲在牛的身后默默扶着犁杖，四周寂然无声，像一段黑白默片，只听见犁铧翻动泥土的簌簌声。

这段默片一直保留在我的脑海里，包括那张生锈的犁铧，每年春天，还会在梦中深翻。旁白，是父亲粗重的喘息声。

燕呢喃

王导与谢安家的燕子，在刘禹锡的《乌衣巷》中进行了一次穿越，相当于一部文学作品的隐性线索。“旧时王谢堂前燕，飞入寻常百姓家。”省略了金戈铁马，飞过东吴禁军的头顶，翩然来到我们村。

我小时候，看燕子在老屋里飞来飞去，往往浮想联翩。想着当一只燕子多好，身穿黑色礼服，拿把温柔的剪刀，走到哪里，就给哪里剪出一片融融春色。老祖母对燕子尤其好，竟然搬了一架木梯，颤颤巍巍地爬上去给小燕子投喂从田间捉来的虫子。

想来燕子一定是有灵性的鸟儿，此后的许多年，每当我吹响柳笛，都会有一双紫燕呢喃，在我家的房梁上，衔泥筑巢。

老祖母对燕子的好，断非毫无根由。融融的月光下，燕子在温暖的巢中安然入梦，老祖母摇着蒲扇，在我半梦半醒之间讲古。（讲古是一个漫长时代的优良传统，口传心授，摒弃糟粕，传递善美。）

老祖母的故事大概如下：有张姓、李姓两个人家，屋檐下都住着燕子。张姓家仁善（就像我的老祖母，大概常做捉虫育雏的事情），有一次，张家人看见一只燕子斜着翅膀归来，快飞到巢边时突然扑嗒一声掉了下来，走近一看，才知道燕子的一只腿断了，于是好好养护这只受伤的燕子。过了一段时间，痊愈的燕子从野外飞来，吐出一粒种子，并在张家人的头顶上呢喃，张家人就把种子种在房后的菜园里。不久，种种子的地方长出了一株瓜苗，并结了一只大南瓜，敲开，竟然满是黄灿灿的金子。李家人看见，忙不迭从窝里捣下一只燕子，把燕子的一只腿弄折，亦如张家人那样养护。后来的情景大致相同，只是敲开南瓜的刹那，南瓜里飞出一根棍子，不断地敲打李家人的腿，打得他们脚不沾地。

这属因果报应的典型，虽有说教的嫌疑，却不乏人性中的温情与善良。

潘天寿画燕子，《春深燕子飞》，笔墨浓郁，像是把瓶墨汁都泼在了飞翔的燕子身上。我不大喜欢此类粗犷的表达，如果换成吴冠中，肯定是斜飞的江南雨，飘逸的柳树枝条，一对呢喃的燕子穿过朦胧烟雨，“飞入寻常百姓家”。

燕子是古代名士寄托思想的一种意象，所以我们时不时会在唐朝的月光下、宋时的庭院中，偶遇一两只翩飞的燕子。“湖南为客动经春，燕子衔泥两度新。旧入故园尝识主，如今社日远看人。”这是老杜在长沙时写的一首诗，《燕子来舟中作》，一只漂泊的燕子远远看见故园中的主人，似曾相识，却又不敢亲近。忧伤恰若一江烟雨，萧索，苍凉，纷纷。

人的一生中总会经历一些难以想象的事情。到现在，我的脑海里还常常会出现一只雏燕悲伤的呢喃。仲春，傍晚，八九岁的我百无聊赖地走在小河畔，身旁是一株枯死的小树。借着夕阳的微光，我看见一个小小的黑点，于是便鬼使神差般晃动小树。跌落的，是一只幼小的燕子，捧在掌心时，已停止了呼吸。

我在小树旁用手挖了一座坑，给夭折的燕子建了一座坟。燕子冢。

扬场的过程

我们村最为壮观的场景在初夏，人从田里往麦场上运麦子，牛拉着石磙原地打转，不时打一声响鼻，以示抗议。抗议无效，人要活命，就需要粮食。二大爷光着膀子，在日头下站定，手执一把木锨，对准风口扬了出去。

我看扬场，基本上属于行为艺术之一种（比身上涂了颜料站在街口摆出各种怪异的姿势更接近艺术的本质）。《朝阳沟》里有一句词："那个前腿弓，那个后腿蹬，把脚步放稳劲使匀，那个草死苗好土发松。"二大爷给做了修改，"那个前腿弓，那个后腿蹬，把木锨抓稳劲使匀，那个麦粒归我糠归风"，且有板有眼，一放一收间，尘归尘土归土，麦粒聚拢成堆。

风有着世间最难以捉摸的脾性。刚吃过午饭，明明顺着村前的土路刮来一阵不大不小的风，手刚抓起木锨，风转眼又消失无踪。于是等，像满怀悱恻的女子在窗下坐等良人归来。田野上的场圃，此时已有人家堆起高高的麦草垛，三两只低飞的燕子，和一群闲来无事的蜻蜓，在麦场上空觅食。

我也学过扬场，刚开始胳膊不打弯儿，一锨扬出去，麦子和麦糠仍在一起。有时摸不准风的方向，登时闹个灰头土脸。二黑叔家的小芹则不同，腰身一扭，木锨轻扬，其标准程度堪比《敦煌壁画》中古人扬场的姿势，优雅，且颇有古风。扎着头巾、提着土篮给二大爷送饭的二大娘多了一句嘴：“学学，跟人家小芹学学，要不长大了就娶家去，保证你学会百样农活。”小芹的脸顿时红到脖子根儿，汗珠子顺着小麦肤色的胸膛跌落，跌落在麦堆上，倏尔不见。

再早，我们村还有一种扬场之法，二大爷见过，《王祯农书》里叫作扬扇。木制，扇膛中央安设榫轴，轴的周围是辐射式的六叶扇片，用薄板或竹篾制成。轴的一端连着运转的把手，或用手转，或用脚踏，扇就跟着转动。比起用木锨抛扬，功效高出好几倍。后来不知为何消逝于乡野风尘。

梅圣俞也写过有关扬扇的诗："田扇非团扇，每来场圃见。因风吹糠籺，编竹破筠箭。任从高下手，不为暄寒变。去粗而得精，持之莫肯倦。"比那些哀怨缠绵的后宫体、夸张离谱的抗战剧更温暖人心，更亲近民间。

我有时写作，常常会想起那些熟稔的农事，主题是一粒谷物，坐在书桌前的读书与思考，相当于将种子深埋于内心的土壤，一旦节气到来，思绪的风便会唤醒绿油油的秧苗。而扬场的过程便是筛选章节的过程，去芜存真，收获的是颗粒饱满的籽实。

而风中飘散的秕糠，以另一种形式出现，是草木心怀悲悯的终极态度。父亲每年都会叮嘱我们把麦糠收集贮藏，用作耕牛的口粮。淘草缸，月光的碎银在水中晃动，青草混合麦糠，散发出草木的清香，一种暖，在耕牛沙沙的咀嚼声中弥漫开来。

麦收过后，一个个圆润的麦草垛像是节气里的符号，散落在田野上。漫步而过的风，仿佛还记着村人扬场时的背影。

剃头挑子的江湖

一杆剃头挑子晃晃悠悠，从清朝的光影中走来，一路走一路颤，抖落三百年的月光。我想象着那时的乡间阡陌，昏黄的夕阳落在树梢，映出剃头匠脸上的疲惫与沧桑。更多的时候，他心无旁骛。只因一个朝代的律法，便诞生了一门糊口的手艺，从此，江湖上多了一杆剃头挑子，男人头上多出一根形同虚设的辫子。

我小时候，剃头匠张一刀已是穷途末路，乡间已无蓄发男子（至于我后来长发披肩，实为作怪：一是为表示执拗的秉性，不愿与常人为伍；二是自身的剃头匠身份，可做免费广告——尤其后者，可谓立竿见影，到现在仍然有人口口相传，理发要找一个扎辫子的男人）。张一刀不同于别的剃头匠，属于那种要做就做到行业标兵的人物，反正一无子嗣，二无家眷，一人吃饱全家不饿。

剃头挑子在村口撂下，大槐树上的斑鸠噤声。挑子的一头，是一根朴拙结实的方凳，已被上千人的屁股磨得光滑圆润。凳腿间设置两个小抽屉，一个放钱，上有狭窄小孔；一个放置剪刀、刮刀、围布一应剃头用具。挑子的另一头，就是热的一头，置一火炉，上有大沿铜盆，为保证有热水可用。

我们村对“剃头挑子——一头热”有另外的理解，即一件事情达不到应有的默契，一方愿意，一方打死也不情愿，与“半场地（野外）烤火——一面热”同义。落到现实生活中，就是村西李铁锤喜欢上一位走乡串户贩卖草药的外乡小媳妇，几次套近乎无果，霸王硬上弓，结果把自己投进了监狱。

这些，剃头挑子不懂，它从清朝的月光下一路颠仆而来，降于张一刀的肩头。张一刀是周家的守墓人，六爷在时常跟我说起。说某个朝代，邻村周家有人在朝中做大官，不方便守护自家的坟墓，便委托张家的先祖代守，但凡焚烧纸钱，初一、十五的清供都交付张家先祖，到张一刀，已经传了好几辈。经常有人在夜幕降临时看见张一刀黑衣黑裤、神色肃穆地走进周家坟场，闪烁的磷火，将他的身影无限拉长。

我学会剃头已是新社会、新时代，我们村的人们正欢欣鼓舞离乡背井大步向前。我曾与人说起一句戏言——不会写作的理发师不是一个好农民，契合了我正在从事的三种职业。某作协会员，某文学奖获得者，户口簿上的务农人士，某条镇街上的理发店的经营者，若按三教九流的江湖规定，属于上九流的种田人、半个文人，下九流的剃头匠。

这叫形式上的一统江湖。

张一刀走后，由于没有子嗣，剃头挑子便落在徒弟李二刀身上——李二刀后来被收编在镇街上的国营理发馆，有一段时间成为我们村村民羡慕的对象。不久，临街的国营理发馆倒闭，李二刀不得不背起远行的蛇皮袋子。后来，他在某个城市雾霾泛滥的清晨，不幸从脚手架上坠落身亡。

我的理发生涯尚未结束，在剃头挑子侧身而过的三百多年光影中，粉墨登场，美其名曰美发师，全称高级美发设计师（有某校颁发的牌牌为证，属“名正言顺”）。

从另外一个层面，我倒愿意重新挑起一头热的剃头挑子，游走在祖国大地，颤颤的扁担，红红的炉火，“一颗红心两手准备”。一手执笔，一手捉刀，剃他个月白风清青龙偃月刀。

梭，在民间穿行

一把梭，差不多算是织布机上最小的物件，但梭的作用却不可小觑，相当于一幅佳作的点睛之笔，相当于一部伟大著作的开头——“话说天下大势，合久必分，分久必合。”

我们村对一个及笄之年的女孩最好的评价，就是这女子打小就会纺棉织布，于是找婆家时媒婆花婶就有了添油加醋的素材，言说这位女孩近乎传奇的纺织史：八岁会纺纱，十岁会经线，到了十三四岁就能坐在织布机上织布到霜滑露浓三更天了。

我记得最牢的句子是“唧唧复唧唧，木兰当户织”，想花木兰坐在织布机上轻叹。关山之外金戈铁马，家园之中父母满面愁容，年幼的弟弟少不更事，一边抢夺木兰手中的木梭，一边挥舞木棍摆出将军沙场秋点兵的架势。他不知道姐姐心中的哀愁，不理解戛然而止的那把梭为何愁眉紧锁，直到姐姐做出一个让千古须眉汗颜的决定——女扮男装，保家卫国。

这是有家国情怀的木梭，在村庄册页中划过一个优美的弧线，有经天纬地的雄才大略。

南朝刘敬叔所撰《异苑》中说，陶侃曾在捕鱼的时候得到一把梭，回来插在自家的墙壁上，有一天电闪雷鸣，狂风大作，那把梭子变成了一条赤龙，穿窗而过，消失在天尽头。木梭有灵，我小时也喜欢把玩母亲用的那把梭，红枣木，细密的纹理，像周香油走乡串户敲的香油梆子，用竹筷敲击，声音薄脆。

我家的那把梭和《农政全书》里的比，有很大的不同。农书里的是直的，中间凸起，有孔，我家的枣木梭则类似一条黄河鲤鱼，颇有鱼龙之象，想必在漆黑的夜里，也曾闪烁着熠熠的鳞光，只是尚未到化龙的时候，母亲还要用它编织我们贫寒的时光。

母亲织布，端坐在一架老式机车的织布机上，窗外是无边的夜色，偶尔传来一两声鸡鸣犬吠，代替敲打的更鼓。这时时间如绸，夜色如绸，母亲手中的木梭在民间穿行，虽孤独却不知疲倦。

我喜欢那些陈旧的时光，像是一幅画，譬如《富春山居图》，只有经历过时间的皴染，才能显示出幽远的质地。我也更善于描述那些积淀了岁月陈香的往事，仿佛一把自由穿行的木梭，停泊在乡村老屋的窗台上，看被风吹起的尘埃，经过日光的折射，一粒粒饱满如田野里的谷物。

梭，战国时就已经出现在书简上，柿木、青冈栎、红枣木，有着坚硬的纹理。

我们村是生产鲁西南织锦（也叫家织土布）的腹地，20世纪初期，这里家家机杼声，户户纺织忙，尤其农闲时节，男女老少人人纺花。“月姥娘，黄巴巴，爹经线，娘纺花，小小子，要吃妈（奶），拿刀子，割下来，挂在脖子上吃去吧。”可见我们村里人的勤劳，以至于忘记照顾吃奶的婴儿。“绿公鸡，红尾巴，过来过去拿着它。”这是有关穿梭的谚语，把一只穿行的梭形容成一只绿公鸡，有几分神似，也有几分谐趣。

我们村的织造工具几近原始，老祖母却说经过72道非常复杂的工序，用22种基本的色线，再经过严谨的经线排列和巧妙的提综，能织出形态各异，有人物、动物、文字、多种花卉的多达千种的图案。这些朴素的图案与纹理，其实暗合着乡村的多种隐喻，我会在另外的章节书写。

而现在，我沉陷在漆黑的夜色里，想起一把梭，在黑暗里穿行。某些有关温暖的字眼一一浮现，母亲、织布机、红枣木牵引的一条长长的丝线，编织出一种别样的温暖，如棉。

篱笆内外

篱笆一词来源于先民的设想，在一片草屋之外连缀以青青草木，鸟鸣在敞开的牵牛花旁清越，蟋蟀的琴声在草丛中轻扬。篱墙之内，是母鸡引领一群毛茸茸的孩子，晨诵，虽非整齐划一，倒也清澈动听；篱墙之外，是葱茏的田野，麦苗青青，仿若看见春天透明的翅膀。

我家以前也有一围长长的篱笆，母亲栽了很多花椒树，小时看着不咋起眼，一旦长成气候，挨挨挤挤。春日可采枝间嫩芽，此时枝条上的刺尚且青嫩，入水焯过，凉拌而食，有一种麻凉之气穿越牙齿的幽谷，带起一缕烟岚。我家的鸡鸭鹅在春天的光影里晃动，篱墙之外走过陌生的脚步，不免引起一阵小小的躁动。

篱笆一词引申为藩篱，有境界之意。如蔡宽夫《诗话》：“王荆公晚年亦喜称义山诗，以为知学老杜而得其藩篱，惟义山一人而已。”是说在文艺创作上可模仿一个人的技巧与结构，但绝不能深谙其中的风骨。所谓东施效颦，别看隔着一层矮矮的篱笆，也只能望篱兴叹，任由枝丫间吹过一股惆怅的风。

而樊篱则不同，樊篱是篱笆现实意义上的解读。我们村说谁谁进了篱笆子断非什么好事，高墙大院，想想就让人脊背发冷。但有的人偏偏不行好事，失去了对“樊篱”一词的领悟，以为权高位重就是活出了人生境界。等待的“樊篱”，敞开大门，铁门咣当一声，足够回味一生。

我个人以为篱笆在江南更美，修竹青青，围起一方小小家园，篱笆之外是千里烟雨，篱笆之内是丝竹声声。若写意，吴冠中无疑更为适宜，淡墨纤毫，寥寥几笔，一派朦胧春色，几只懂得春江水暖的鸭子，悠然划开清浅的水面，向着水乡深处迤逦而去。

我家的花椒树篱笆，只是形式上的存在，母亲在篱笆上晾晒洗好的衣服、蜀黍梃子的锅盖，和一切可以挂在上面的物件，赤橙黄绿青蓝紫，仿若一道雨后彩虹。立秋之后，天气转凉，一串串花椒由青转红，谁家如果锅里放进油才想起已无烹饪的作料，就会紧跑几步从我家篱笆上撸下几串花椒，这时母亲会说：“多备点儿，反正我们也吃不完。”

我一直觉得篱笆时时有灵感迸现，一株牵牛花，两株丝瓜，一根长长的南瓜藤蔓，都是篱笆善于抒情的最好见证，能写出最轻灵的散文诗，在清晨朗诵。我跟篱笆老师学了很多年，也仅能得其皮毛。

其实最经典的篱笆在《齐民要术》中。我的同乡贾思勰为平民代言，经营出一围更远更长的篱笆。贾思勰做的篱笆可分为以下两种：

一、把秋天成熟的酸枣子，在垄上密密种上，到第二年秋天，酸枣苗长到三尺多高时，间苗，使其疏密均匀，纵横对齐。再到来年春天，剪去横生的枝条，留一截丫杈，并顺势编扎成篱笆，如此往复四五年，“行人见者，莫不嗟叹”。

二、插柳条做篱笆。隔一尺栽一根，一面斜插，一面编织。最好用栽种的榆树和斜插的柳条一起进行，待到一人多高混编在一起。几年后榆和柳紧贴，枝叶交错，类似房屋的窗棂。更可以随意做出诸如龙蛇的图案，鸟兽的造型。

当下的楼盘，无论叫什么水岸、花园、桃源，我看都比不上一围青青的草木，无非作为商业噱头在激发人们的购买欲，不接地气。而故乡的篱笆收进《齐民要术》，也算有了一个好的归宿。

屋檐高过星空

屋檐在温庭筠的诗里有些苍凉："鸡声茅店月，人迹板桥霜。"飘动的征衣拂不去那缕浓浓的乡愁，一点一点化开的霜迹，是踟蹰的步履，往前还是转身，搅动的都是漫天的忧伤。

我家的屋檐低矮，一截椽头短短，撑起风雨飘摇的家。喜欢在屋檐下进进出出的是乡间随处可见的麻雀，以碎布头、烂麻团、枯萎的草梗做巢，栖息在一方小小的屋檐下。我曾经动过掏麻雀窝的想法，后来在一篇作文里看见伸进去的手触摸到一丝异样的冰凉，是蛇，随即作罢。

可见再简陋的屋檐下也有故事，也有不请自来的客人，借一方宝地，繁衍生息。

母亲往往会在夏天做一件重要的事情：用采来的苘麻

叶包裹一坨面团，再用新鲜的芦苇叶系好，挂在屋檐下，任由其风干。我们村的人称之为“酵头”，张嘴一喊，大有八十万禁军的教头林冲的架势。我们家的“酵头”统领着一年四季的大白馒头。蒸馒头时，母亲取下一小块，在水中泡好，蒸出的馒头暄腾，口感色泽上佳。

常见有邻居到我家借“酵头”，说母亲做的酵母味正，做出来的馒头不发酸。我想，这里面肯定有屋檐的功劳，只放过南来北往的风，避开从天而降的雨，如此风干的味道里就有了田野与谷物的芳醇，近乎酒酿的甘醇。

我小时只做过一件坏事，偷书。邻居红生大我三四岁，高中毕业，所以屋檐下存了很多书，不过无非几何、物理、代数、语文，如你所想，我只挑选了几本语文书，藏在怀里，跑到放羊的老河滩上去读。

“茅檐低小，溪上青青草。醉里吴音相媚好，白发谁家翁媪？大儿锄豆溪东，中儿正织鸡笼。最喜小儿无赖，溪头卧剥莲蓬。”辛弃疾的这首《清平乐·村居》，到现在我还能倒背如流。在此，我就不再阐释其意境，怕亵渎了故乡的屋檐。

前几日去市里，电视台高选兄赠我扇面一幅，《晴耕雨读》，书者是曹州书画院翟永华老师，用笔极简，笔致不激不厉，娴静温婉，颇有唐楷之风。我就在想，有多少人奔波在路上，颠沛流离，又有多少人在怀念故乡的一所茅屋，终有一日安顿下来，坐在屋檐下听雨打芭蕉的声音，细细碎碎，穿过冗长的时光。

《诗经·小雅》中有一首《信南山》："中田有庐，疆埸有瓜。是剥是菹，献之皇祖。曾孙寿考，受天之祜。"是说古代有五亩之宅的制度，其中两亩半在城邑，可以搬进去居住，两亩半在田间，可以看守种下的谷物、瓜果、蔬菜。等收获了，先敬献给我们的先祖，因为作为后代的我们的福禄，都是依赖上天与先祖的护佑。

屋檐这时是乡村的图腾，在浩渺的星空下，我们村如一叶小舟，飘荡在无边的田野。高过孜孜以求的虚无，高过这个花花绿绿的世界，甚至高过无垠的星空。

有关蜣螂的在场主义叙事

我们村不管蜣螂叫蜣螂，叫屎壳郎，听着让人倒胃口，无论大人小孩没谁说愿意和一只黧黑的蜣螂为伍。我倒没那么觉得，自从看了法布尔的《昆虫记》之后，对蜣螂的处世态度更是钦佩有加。

法布尔写道："假使那贼安然逃走了，主人失去了艰苦做起来的东西，只有自认倒霉。它揩揩颊部，吸点空气，飞走，重新另起炉灶。我颇羡慕而且嫉妒它这种百折不挠的品质。"是说蜣螂界也有坐享其成之辈，躲在一块石头下，看见一只勤劳的蜣螂推着一小车美味佳肴，半道杀出，劫掠而走。而那只被劫的蜣螂，并没有一丝惆怅，转过身去，飞走，另起炉灶。

月光下的老河滩，野草繁茂，一只蜣螂从草丛中爬出来，伸出前腿擦拭脸颊，就着明亮的月光，就着潺湲的流水，它要做什么？只有蜣螂自己知道。月光透过厚厚的大气层，发生了散射，也就是偏振现象。我们不一定能懂，就如月光牵引潮汐，是冥冥中上天的旨意。蜣螂也靠着月光偏振辨别方向，以免找不到回家的路。

有时我想：作为一个并不让人喜欢的物种，蜣螂如何保持着一种出世的态度，在月光下建造属于自己的房屋，在漫长、崎岖的路上寻觅爱情，收获天伦之乐？在圆球中安睡的卵们，听着来自老河滩上的风声雨声，听着蜣螂父亲和蜣螂母亲微微的喘息声，心中必有一份有关亲恩的感动。

在古埃及，蜣螂是一种神圣的动物，古埃及人起码不会像我们村的傻二，一看见蜣螂就嗤之以鼻，说吃屎的东西，带着你的臭球滚一边去。古代埃及人把蜣螂当作一种图腾，相信在空中有一只巨大的蜣螂，名字叫克罗斯特，是它，在用后腿支撑着地球转动。

由此，我知道了自己的浅陋，也因为一只毫不起眼的蜣螂，产生了对世间万物的好奇：一只小小的蚊蚋为何在水汽中起舞？一只蝴蝶为何飞越雨林到另一片山野？一只蝉为何在暗夜无眠无休？一只萤火虫为何点燃生命之灯在林中若隐若现？

南非世界杯，一只巨大的蜣螂在开幕式出场，这并非恶搞，而是以蜣螂旺盛的生命力，寓意五谷丰登、百事兴旺，更蕴含了智慧、团结与集体的力量。在广袤的非洲大陆上，生活着各种野生动物，它们的粪便都需要蜣螂——大自然的清道夫来进行排污处理。如此，生活在这片土地上的人们，才可以安享自然赐予的快乐时光。

一时间，想起蜣螂就会想起希腊神话中的西西弗斯。西西弗斯是人间最足智多谋的人，建立了科林斯王国，甚至一度绑架死神，让世间没有了死亡。犯了众神之怒的西西弗斯，被诸神惩罚，诸神要其将一块巨大的圆石推上山顶，而每每还没到山顶，巨石就从山坡上滚下，他只得日复一日地做着这件事。

这是一个让人悲伤的神话，相比之下，蜣螂还是终有所获的："储藏室是在软土或沙土上掘成的土穴。做的如拳头般大小，有短道通往地面，宽度恰好可以容纳圆球。食物推进去，它就坐在里面，进出口用一些废物塞起来，圆球刚好塞满一屋子，肴馔从地面上一直堆到天花板。"（法布尔语）

这是蜣螂的在场主义叙事，它从遥远的古埃及出发，启蒙了法老们的亡灵，创造出木乃伊的永恒死法，而后推着一只圆球，走进苏轼的诗里：“洪钟起暗室，飘瓦落空庭。谁言转丸手，能作殷床声。”这是婉约的表达，通过一片飘落的老瓦，惊起飒飒秋声。

蜣螂最后抵达我们村的老河滩。我小时候身上起无名恶疮，老祖母会抓来一只活的蜣螂，在槐花蜜中浸死，在瓦片上烤焦，然后研成末。刺破脓疮，以老醋调末，敷上，过夜即好。此方记在《本草纲目》中。

蝎子扛肚

有必要解释一下这个词，“扛”在此处念“gāng”，而非肩扛手提的“káng”。《项羽本纪》中有记：“项籍者，下相人也……长八尺余，力能扛鼎。”说的就是项羽神勇，力气大到可以举起一座鼎。蝎子扛肚是我们小时候玩的一种游戏，就是趴在地上，像蝎子一样伸出一条腿，相当于蝎子的尾巴。

日暮黄昏，我们在大队部的场院里以蝎子的名义玩得不亦乐乎，蝎子们在土墙缝里蠢蠢欲动。蝎子，四月中下旬出蛰，全年活动期大概六个月，昼伏夜出。我们村里有很多土墙，有土墙的地方就有蝎子的根据地，不可侵犯。玩得热烈的当口，村西黑蛋从灯影处跑出来，哭着喊着叫娘，说是让蝎子蜇了，捂着裤裆。“蝎子没娘，疼，就使劲喊娘。”黑蛋娘一边一把搂住黑蛋，一边说，好像不这样不足以解决痛的问题。

我也让蝎子蜇过，在大连郊区，一个远方姑奶的家里。姑奶家房间背阴，在山的阴面，听姑奶说过，沿着山脚走到阳坡，同一座山，阴面一块石头下有好几只蝎子，阳面一只也没有。我没有实地考察过，也就没有发言权。反正某天清晨，我惺忪着睡眼，趿拉着鞋子要去尿尿，蓦然，脚尖像被针扎了一样，抽出脚，一只蝎子仓皇而出，转眼消失在墙缝里。

就哭着叫娘，是真疼。听见动静的姑奶赶紧过来，好像未雨绸缪，从墙角捉来一只硕大的蜘蛛，说是黑寡妇。后来我才知道，这种蜘蛛也有剧毒。把黑寡妇放在脚面上，就见它在努力寻找，寻到蝎子蜇的地方，伸出吸管，在已经发黑的脚尖吮吸。约一盏茶的工夫，疼痛便减了许多。所谓一物降一物，说的就是这个吧，确实让我长了见识。

经过七千万年的演变，地球上的大多数动物改变了原来的形态。人也是，从四肢着地，到弯腰站起，到直立行走，其间经历了太多磨难与曲折，最后终于进化到现在的样子，就以为成了万物之主，可以吃遍天上飞的、海里游的、地上爬的。殊不知只是胃口与欲望的扩张，说到心智，怕是早已偏离了方向，而蝎子们至今仍然保持着七千万年前恐龙的原始形态。

我以为，这算是一种坚守。坚守造物最初的性情，坚持生命中最为本真的部分，与世无争，顺应天理。

其实蝎子的名声并不好，蛇蝎美人，美人一旦冠上蛇蝎的前缀，就成了祸水，好像所有的错误都在她身上。叫我看，无非又是一项嫁祸之能事，蝎子藏在阴暗处只是为了个体需要，只是受到外界的惊吓与刺激，才会像我们做游戏时那样来个蝎子扛肚，将尾部刺入对方的肌肤。

千万不能搞错，正当防卫与侵犯他人权益有本质上的不同。蝎子若能言善辩，我想也会递上一纸诉状，以洗千年不白之冤。

昨日与人一起吃饭，说到一项致富新门路：利用夜间紫外线照射蝎子会反光的原理，有人发明了一种蝎子灯，一月可有几千元进项。愕然，原来科技真的已经无处不在，原来什么物种也逃脱不了人类的觊觎。想，寂静的夜里，一只蝎子从墙缝里爬出来，仅仅为了捉几只虫子，冷不防却成了他人囊中之物。

一首希腊神话中的小诗，送给蝎子：“朋友啊，每块石头下都藏有蝎子，谨防他袭击，暗中施用诡计。”此中真意，你懂的。

月光漫过木格窗棂

木格窗棂下有张床，棕绳攀的木床，床小，说准确些更像一个大的网兜，睡在上面晃晃悠悠，适合追忆似水年华。我在这张床上睡了十几年，月光也从窗外漫过了十几年，从未缺席。

这是我家的一座老屋，父亲用玉米秆、豆秸做的“榻榻米”在正当门，寒冷的夜晚我会瞒着漫过木格窗棂的月光偷渡到父亲的软卧上，让父亲搂着我的一双冰凉的腿，暖到天亮。一头牛，一口石槽，月光打从另外一扇木格窗棂漫过来，洒落在石槽里，慢条斯理的咀嚼里就有了拌了月光的青草香。

木格窗棂大可追溯至唐代，诗人杜甫站在春寒料峭的木格窗棂前看西岭上的雪，看江畔的柳绦，听两只黄鹂、一行白鹭如何约定春天。这是可以入画的木格窗棂，透过明媚的春光，将一岭雪山、万里船帆悉收眼底。

在江南，木格花窗是朦胧烟雨的点睛之笔。窗外是小桥流水，窗内是绣阁春暖，是美人的纤纤玉指挑针弄线织出“春江水暖鸭先知”，是“泉眼无声惜细流，树阴照水爱晴柔”的一方心池。眼睛是心的窗户，窗户便是房屋的眼睛，一个少女的成长，有了木格窗棂的陪伴，也便多少缓解了一些青春的哀愁。媒妁之言，父母之命，是宿命，也是缘分的另一种表达形式。我去过苏州，从阁楼上的木格窗棂可以偷窥媒人介绍的夫婿，将客厅里的一举一动尽收眼底。而那个同样满怀憧憬的男子，并未察觉，只在离去时，拾起长袍跨过门槛，丢下一声长长的叹息。

钱钟书曾在《窗》一文中调侃，说窗和门一样也作为进出口，小偷或小说里私约的情人就喜欢爬窗子。这是捷径与情欲走私的窗子，此时的月光大多不像故乡的月光那般明亮，只有一缕过路的风，只有窗下低吟的虫鸣可以作证。

我写作，也有一种偷窥欲在作怪，总是想透过文字的木格窗棂遇见更深的心灵。抬脚迈过文字的丛林，从潜伏在暗处的经典里窥见文学大师的欲望之眼，和他们约见、沉默、错过，并记住那一双双深邃的眼。我想不是我的这扇窗户太小，而是和窗子的距离尚不够近；不是我的木格窗棂太过朴素，而是不曾透过上面的尘埃听见远年的回声。

韩愈有诗《此日足可惜赠张籍》：“箧中有馀衣，盎中有馀粮。闭门读书史，窗户忽已凉。”是秋风吹过季节的木格窗棂，抬眼望，猛然间发觉窗外已是几许寒凉，人生已过经年。这是一种惬意的生活，也是小小的木格窗棂所带来的悲欣交集。无他，晴可耕雨可读，夫复何求?

如今，高大明亮的落地门窗占据了每个角落，仿佛人与世界并未存在一丝心理上的隔阂。远可见蓝天、白云、一万三千英尺高的飞机，近可见高楼林立、灯红酒绿，高铁如梦一闪掠过眼际。实则不然，明清清言中，有《小窗幽记》《娑罗馆清言》《小窗自纪》《菜根谭》，单听名字就离不开一扇扇曲径通幽的木格窗棂。那木上面镌刻着年轮，那窗后面是一颗颗守住了寂寞的心，拨亮灵魂的灯盏。

乡下的那座老屋还在，虽早已无人居住，月光还是会漫过旧年的木格窗棂。回忆里有一头老牛的忧伤，有父亲簌簌的起床声，还有我年少时清澈的眼神，与月光对接。

马鳖，治愈系，童年的蒙太奇

马鳖生在我们村的小河里，小河很小，从来的地方来，到去的地方去，想要挽留也不成，即使河水想停下来，我们村浣衣的妇女也不愿意。河水浅浅，阳光穿过疏离的树枝，像时间写下的诗，在水中荡漾。马鳖就充当了其中的某个标点，与波浪号相似。小小的青黑色波浪号一闪，“马鳖！”花婶撩起的水花和笑声，就和阳光一起，洒落在清澈的流水里。

我与马鳖相识较早，那时候还不知道马鳖叫马鳖。河水悠悠，不远处有一片青青的芦苇荡——我写作时经常写起这片芦苇荡，写芦苇荡里的翠鸟谈恋爱，写邻村的结巴黑三和我们光着屁股干仗，写春天的早晨母亲挖来几茎芦根，回家给父亲熬药，治哮喘。

这次我想把芦苇荡搬来。这样，我的童年就不至于一辈子活在别的村庄的芦苇荡里。我知道芦苇有强大的繁衍能力，就选择一片面积更大、河水更浅的滩涂，每隔两丈余，栽种一株芦苇，栽完，还躺在河滩上数了数。眯上眼睛，想几年以后芦苇绵延的场景，夏日像一片绿色的海，秋日荻花飘雪，满世界都是质朴温柔的白。

马鳖是俗名，学名应该叫作水蛭，一听就是庞大水族里的分支。我们村的水蛭呈暗青色，和下雨前的云、黄昏里的树、灯影里的人基本属于同一色系。闲暇时在水草的叶片下纳凉，若是天气燥热也难免浮上水面呼吸，看西天的云彩。劳作时孜孜以求，紧紧吸附在人或者其他动物的皮肤上，工作时的认真程度不亚于高级白领伏案疾书。

就在我幻想给芦苇荡来个乾坤大挪移的时刻，一只马鳖正趴在我的小腹上，孜孜以求，把少量的毒素注射进我私处以上的皮肤，属于小面积麻醉。我发觉时，芦苇荡正是荻花飘飞的当口，我正和好看的黑妮在芦苇荡里追逐，黑妮在前，我在后。我忽然应声跌倒，小腹下隐隐约约一丝疼痛，睁开眼，一只马鳖已喝饱了肚皮，趴在我的肚皮上小憩。

二大爷说过，马鳖钻进身体，不能拽，拽断就坏了，断在肉里的一截会自我修复，长成另一只完美无缺的马鳖。只能拍，最好用鞋底，越狠越好，揍不上几下，马鳖就会主动从鞋底拍肉的节奏里铩羽归来。我不能让一只马鳖钻进我英年的身体实施克隆计划，于是咬着牙，用鞋底把马鳖拍了出来；同时，私处经历了三天红肿，走路外八字，人问，就说："我愿意，你要是愿意，内八字也没人管你。"

写到这时，当年留下的疤痕还在隐隐作痒，仿佛当年用鞋底拍出来的只是马鳖的肉体，至于灵魂，早就镶嵌在我的余生，与我同生死，共安乐，你若不离，我便不弃。

治愈系，是从日本流传过来的一个词，是日本20世纪90年代的一个音乐门类，后泛指能让人安静下来的音乐、场景或其他事物。我看马鳖就是治愈系的代表：舒缓的小河水，水草离离，一只羊站在水边默想，此时的马鳖舒展筋骨，在光影中摇荡（后来摇进了童年伙伴水生的手心里，缩成一只暗青色的小球，嗖的一声，被掷到一片白茫茫的云天之上）。

还有一个场景，是我在电视上看见的：国外有医生，在手术时让一群悠游的水蛭围绕在患者伤口周围，说是可以有效地防止血液凝固。在接驳手术后，能有效刺激被接驳器官的血液循环。

信然，二大爷口中留在人身体中的一截能自动复原的马鳖，一定有点小小的魔法，仰仗水蛭家族的优良基因，在疼痛中涅槃。何况人乎？

萍踪猪影

浮萍的到来有些神秘，好像它真的是一位隐居天涯的侠客。天阴沉沉，我家的老牛还在麦场上气喘吁吁，雷声像敲破的战鼓，轰隆一声，隔了半个时辰，又轰隆一声，接着就连贯起来，像我家的麦场搬到了天上，轰隆声不断，石碾子就那么不紧不慢地轧着，不过碾出来的不是麦粒，而是一场迅疾的雨。

浮萍就是在这个时间到来的。母亲看着散落一场的麦秸、麦穗、麦粒，叹息发了芽般生长："到了嘴边的粮食啊，就因为一场雨的到来，毁了。"浮萍不管，锦衣夜行，穿过夏日的田野，趁着轰隆隆的雷声，和急急如律令的雨点，在村东的小池塘里扎下根来。"一叶经宿即生数叶"，这是李时珍的原话，想必李大爷在浮萍到来的时节，就穿着蓑衣，戴着斗笠，坐在我们村的池塘边，看一叶叶浮萍复制般生长，梦魇般拓展疆域。

我没必要跟着母亲一起唉声叹气，一是尿尿和泥的年纪哪懂得世事艰辛，二是实在不想跟母亲在雨后的麦茬地里捡拾别人家遗落在田里的麦穗。尤其是李寡妇家的二嫚，天蒙蒙亮就站在自家的麦田里，粗声大嗓地喊："谁捡我家的麦穗谁是驴养的。"三歪头就笑："不捡，俺们不捡，让驴养的去捡吧。"接着，李寡妇鬼一样从河堤后面冲过来，披头散发和三歪头打了一仗。

我捞浮萍，扛着一根长长的竹竿，竹竿上面系着网兜。捞来浮萍喂猪，是我不想捡麦穗跟母亲交换的条件，所以心甘情愿。唐朝的白居易估计小时候也做过这样的活计，于是写了一首《池上》："小娃撑小艇，偷采白莲回。不解藏踪迹，浮萍一道开。"不过看来他没我光明正大，撑了一艘蚱蜢舟，去偷采谁家的白莲。无奈年纪小，脑瓜子还未长全，不知道如何隐匿行踪，小舟所行之处，青绿的浮萍间闪开一道波纹。

我捞浮萍光明正大，我家的老母猪也吃得津津有味，每次放满一猪槽浮萍，老母猪就用感激的目光看着我。我相信那是感激的目光，尽管当下很多人忌讳散文这样写，说矫情，每个人都得正襟危坐，在场主义、非虚构、新散文，搞来那么多形式上的花花哨子，一写就是两三万字，累不累啊？反正有时我读得有些累。

我家的老母猪是功臣。风雪夜，母亲点亮一盏灯笼，挂在猪圈低矮的棚架上，风打一个呼哨，就有一只小猪崽降生。母亲生着旺旺的炉火，大概也怕老母猪落下产后风之类的病症，一边摩挲老母猪的头顶，一边给予精神上的鼓励，口头允诺，由我全权负责它老人家的生活起居。风又打了一个呼哨，又有一只小猪崽降生，母亲把猪崽身上的羊水揩干，把小猪的嘴巴对准老母猪的一个乳头。

二九一十八，临近黎明时，风停雨住，汗水在母亲的额头上凝聚成冰，老母猪一共下了十八只小猪崽，十八个乳头，按需分配，哼哼唧唧，闹闹哄哄，一派雪降祥瑞的图景。

我养猪绝对没什么问题，虽说不像古代的商邱子有《养猪法》，倒也是耳濡目染，得到了母亲的一些真传。比如“养猪要看娘，娘占一半强”，是说选择母猪的重要性；比如“人勤猪贪长”“猪遇勤，早出一旬”，有人勤地不懒的意思，是说照顾猪君的人勤快了，猪的生长发育就不会出现什么问题。

但有一个问题无法解决：我们村管猪发情叫“猪打圈子”，每到这个季节，老母猪像疯了一样赤红着双眼，拱墙根，跳墙头，几乎无所不能，充分显示出一只猪的个人英雄主义气概。去前村的葛庙找过猪（配种的意思），老母猪好像不过瘾，某日清晨，一声低吼，猪影一闪，又一次翻越墙头，消失在浓浓的雾色之中。

我在迷雾中轻唤，啰啰，啰啰，起初没有一丝风吹草动。再唤，啰啰，啰啰，听见簌簌的叶子声。我伏在地面上，眼神穿越层层迷雾，看见我家的老母猪正隐藏在一棵大树下，叶子堆里，哼哧哼哧喘，大概在判断我的方位。我绕过去，心想白给你捞那么多浮萍了，浮萍多好，连李时珍都说“性寒，味辛，能发汗透疹、清热利水，主治表邪发热、麻疹、水肿等症”，你老人家却一点不领情。刚要接近时，一不小心踩在一堆狗屎上，被老母猪发觉。于是，老母猪开始狂奔，竟身轻如燕，颇有《萍踪侠影》里云蕾的风范，与书生张丹枫结伴而行，闯荡江湖。

浮萍在不远处的池塘里闪着绿光，将渐渐淡去的雾色也染成了一片青绿，我被老母猪激怒了，在低洼不平的树林里跳来转去，冷不防摔了一个狗吃屎（大略当时磕在了玻璃碴子上，至今手掌上仍留有一道浅浅的疤痕）。老母猪停了下来，目光幽幽地穿过青绿的水面，好像闻见了青萍的味道，片刻，径自转身。

此时，麦收已过，村东池塘里的浮萍兀自挨挨挤挤，长成一段仲夏夜之梦。

萤火虫，夜的灵魂

夜，要黑就再黑一些，伸手不见五指。抬头望天，只看见树映衬在夜空的大致轮廓，像一个颠仆的流浪者，无奈地把双手伸向无边的夜空，喑哑的喉咙想喊些什么，却最终彻底哑掉，发不出一丝声音。

多年之后，每当我想起走乡村夜路时的情景，就觉得它与我的人生无比契合。无人管束，当然是两层意思，一是无人关爱，二是无人责骂，就像大地上的一株野草，自生自灭。时间证明，这样粗放式的管理造就了我自由的心性，可以不修边幅，可以随心所欲，可以一边给人理发一边读书写字，而绝无私心杂念。

就这样走着，被夜色忽略与掩盖的小小身影有自己的小九九，不管前方是否有陷阱，也不管是否有吞噬活物的恶魔，我都不怕，我的目的明确，就像一个慷慨赴死的人，既然知道了结局，就不妨表现出很厉害的样子，“醉笑陪公三万场”不诉离觞。

近了，仿佛听见芦苇的絮语，在夜色中缠绵，那如暗云般的一团就是我童年时老河滩上的一片芦苇。此时芦荻正好，簇拥在一起，像一张巨大的黑色毛绒毯子铺在大地上。有水泠泠，是在流动的过程中遇到芦苇的羁绊而发出的声响。有一点荧光向我游弋，是萤火虫派来的小侦查员，在为我孤独的童年引路。接着两只，交叉而飞，画出类似DNA的弧线。接着三只，上一下二，以叠罗汉的方式在渲染剧情。继而，更多只萤火虫从芦苇滩里飞出，就显得杂乱无序了，像一只耳朵的凡·高，忍着疼画下的生命中最后一幅抽象画。

这是我与萤火虫的美好遇见，仿若初恋，在此后的三十几年间，一直珍藏于内心。我知道现在的夜色已不是当年的夜色，黑甜的质地已经变淡，取而代之的，是熙来攘往的车灯，是灯火通明的摩天大楼，是咖啡馆、歌舞厅、溜冰城、宾馆、饭店、洗脚店、按摩店里暧昧的灯光，搅扰了夜深沉的表达方式。一切都在改变，畸变、嬗变，物理的、化学的勾兑在一起，导致了梦的神经紊乱。

这样的叙述未免大煞风景，还是重返童年现场，让我举起一只形而上的网兜。注意，其实每个人一开始都是恶的，像动画片《别惹蚂蚁》里的卢卡斯，在学校没有朋友，回到家又被邻居儿童欺辱，把怒气全撒在了蚂蚁身上，不料却被蚂蚁报复，自己也变成了一只蚂蚁。我捕流萤纯粹是为了好玩儿，屁股上挂着一只罐头瓶，轻轻一抹，一只萤火虫就带着光钻了进去。不用太多，三五只就好，秋风吹动芦荻，星星的微光在头顶闪烁，促织的叫声起伏，和着流水的声响，像极了一首朴素的乡村小夜曲。

晋朝时湖北公安的车胤则不同。车胤是个爱学习的三好学生，大概也和我一样从离他们家不远的河滩上捉来几只萤火虫，囊萤照读，经过努力做到吏部尚书。我小时候读书，读的不是小人书就是缺皮少页的《水浒传》，母亲嫌费油，将破碗里的灯焰拨到最小，我就只好靠近点，常常不是烧了头发就是早晨起来鼻子里两行黑水。想来一个人笨是天生的，若是当年我也知道把萤火虫装回家来读书，也不至于落到给人剃头这步田地。

——那做什么？唉，还真不好说，当官或经商，都不是我盘子里的菜，还不如“操世上头等大事”。

“昭和二十年九月二十一日晚，我死了。”是日本动画电影《萤火虫之墓》里的第一句旁白，故事发生在“二战”期间的日本，空袭导致“我”失去了亲人，只能和年幼的妹妹相依为命。恶劣的环境让妹妹节子严重营养不良，没有钱去看病，更没有钱去买药品，在一个萤火虫飞舞的凄凉之夜，妹妹死了。萤火虫只能活一个夜晚，在美丽的夜里，它尽情地展示着无穷的魅力，然后在黑暗中悄然坠落。

简单的情节让我几度哽咽，仿佛那飞舞的小小萤火虫是两个孩子孤苦无助的灵魂，几个小时前，它们诞生，几个小时后便流星般陨落，融入大地，融入无边的黑夜。

有调查显示，当下的很多地方已经很难再见到萤火虫的身影，栖息地遭到破坏，人工光源带来的冲击，水污染，生活垃圾，交错织成一个无形的恶之网，导致萤火虫消失。依我看，这是由于萤火虫本身的弱小性，不具备抵抗任何形式的污染的能力。如今，鸟类种群的减少，植物种属的消失，癌症村的形成，都与这个时代的环境污染不无关联。

我有时会陷入极度的黯然与恐慌中，那些童年的萤火虫精灵般在记忆中闪烁，伸出手掌，想要再次与美好重逢，却只剩下一片空荡。那浓密的夜色不再，仿佛一个丢失了灵魂的人，踉跄在流浪的路上。

鲁班来过我们村

我们村里多的是木匠，因此也叫木匠村，大木匠、小木匠、年轻木匠、老木匠，排起来肯定是一条长长的木匠队伍。术业有专攻，木匠里面就有了很多分工，有做棺材的，有做农具的，有做老式家具的，也有的属业余木匠。像我，专职是种田、理发，写文章是业余的事情。业余木匠是木匠里的自由撰稿人，偶尔做做风筝、糊个灯笼啥的，也给划进了木匠行列。

想学木匠就得有师傅，我们村管没有师傅的木匠叫“吕生”，有骂人的意思，直译为野生。堂前点上大红蜡烛，桌案上铺设大红绸布，八仙桌的正中央坐着鲁班爷，慈眉善目，却又目光犀利，如锯子折射出的刺眼光芒。主持仪式的是村里的老木匠木根爷。留着两撇山羊胡子的木根爷斟满拜师酒，地上的小屁孩就赶紧磕头作揖，给师傅敬酒。喝了拜师酒就算入了木匠门，鲁班门前耍大斧也就成了顺理成章的事情。

我原以为从我爷爷那辈起，我家就没出过木匠，父亲走了很多年，木根爷才和我说起父亲也曾拜他为师学过木匠手艺。不是细工木匠，是在十里外的砖瓦厂，做砖瓦模具。木根爷在前，父亲在后，踏着一地的月光回家，肩膀上的刨子、锯子、尺子叮当作响，好歹挣点口粮供一家人糊口。

我上小学时就知道鲁班是个聪明的孩子，别人家的小孩就知道疯天疯地地野，鲁班就坐在离曲阜不远的一道河梁上。草，肯定是叫大蓟的一种草，开蒲公英一样的花朵，鲁班想去采，以放飞飞扬的思绪，结果“哎哟”一声跌了个屁股蹲儿，草木的叶子划破鲁班的手掌，于是诞生了明晃晃的锯子。

拉大锯是一件很让人陶醉的事情，河道上的风绕来绕去，锯子的刺啦声清冽、透明，在空气中荡漾。父亲很早就不能做木匠活了，我也就失去了拉大锯的机会。（有时我想，如果我后来也学了木匠，也能走乡串户给人做家具，逻辑思维也不至于像现在这么差，肯定能写推理小说；要不也能跟在齐白石老人家屁股后面，抓过锯子、凿子、斧子的手，想必也能握起一根画笔，画棵白菜画只虾啥的。）

木匠活开始式微是在二十年前。那时，我堂哥专做轧场时耧麦用的撒耙，九齿的、十二根齿的，木料是乡间的红枣木，做出来的耙齿圆润、流利，我常在麦场挥舞着九齿钉耙，倒也心生几分天蓬元帅的率性与豪气。后来联合收割机开回村里，轰隆隆几个来回，新麦入仓，堂兄的撒耙就退缩到仓房的角落，落满尘埃。

只重其表的年代，家具大多换成了贴花压膜的复合材料，老式的桌椅笨重，实用成了落后的代名词。师傅与徒弟的关系明显变成了以价格为准绳，哪家给的工资高就去哪家。绳墨，原是木匠行业的专用术语，一只墨斗，一根细细的棉线，拉紧、弹落，就有了规矩与法度。

孟子说："大匠不为拙工改废绳墨，羿不为拙射变其彀率。君子引而不发，跃如也。中道而立，能者从之。"大体的意思是真正的好木匠不会因为拙劣的小工废了成竹在胸的法度，后羿不会因为一个吹大牛的射手改变弓张开的程度。君子拉满弓而不发，是恰到好处地做出样子，有能力的人就会跟着来学。

这是孟子的引申，与鲁班无关，我们村的木匠大多也不理解其中的深层含义。“礼失求诸野”，说不定几百年后还会有人来寻找我们村的木匠，请教有关规矩、绳墨的问题。

我们村木匠的几种出路：

有的背井离乡去了城市，做仿古家具。回来时说：“做的那叫一个真，以假乱真。”

有的去了基建工地，只带两样工具，锯子和锤子，做浇筑水泥的模板。

留在我们村的老木匠，专做寿材，各种规格，物美价廉，绝不买一送一（怕挨揍）。黑漆漆的，停放在村口，等人认领。

鲁班来过我们村，又寂寞地离开。走时，拍拍身上的灰尘，清霜一地月光寒。

一把柴火，以及柴薪的延伸

我们村有很多树，大风天，暴雨倾盆，母亲披上一块塑料布，迎着风雨出门。风雨摇曳，有一些镜像总能在心中瞬间复原。母亲捡来的柴火一直堆在家门口，杨树、柳树、苦楝树的枝条，被乡间来来去去的风风干，养活了我们一家人，升起我家袅袅不绝的炊烟。

在村庄的《柴薪谱》上，几乎所有的草木都可以拿来当柴烧。再早些，可以到收割后的麦田里剜麦茬，人蹲在地上，沿着长长的田垄，一行行、一棵棵，也算是物尽其用。（其实乡间本来就没有可以废弃的东西，大孩子穿小了的衣服，修修改改，就成了弟弟妹妹的衣裳。碎布头、破麻团，照样可以拧成一条粗壮结实的绳子，用来记住乡村简朴的光阴。）

那时，穿杨叶被我们当成了一种好玩的游戏，一根铁签或者细长的竹篾，削尖一头，在秋日的风里穿杨树叶子。这与里尔克的《秋日》大有区别："谁此时没有房子，就不必建造。/谁此时孤独，就永远孤独，/就醒来，读书，写长长的信，/在林荫路上不停地/徘徊，落叶纷飞。"

我们在落叶纷飞的风里捡拾遗落在秋日的童年，一片片，一串串，现在想起，快乐大于忧伤。

一把柴火的终极目的，就是一碗热粥的温度，母亲捡来的柴火映红母亲的脸，日渐细密的皱纹里刻满我们成长的回忆。

樵者，在幽静的山林中唤醒鸟鸣，唤醒溪涧的回声。这是一种静谧而闲适的生活方式，虽清苦，但能与天籁相遇相知。高山流水遇知音，出自《列子·汤问》：子期戴着斗笠，披着楚时的蓑衣，手执一柄砍柴的利斧，走在崎岖的山道上；而此时的伯牙正为知音难觅而惶惑，抚琴四顾心茫然。山，是泰山；人，是故人；淙淙的琴音，是联系友谊的纽带与桥梁。而生于山野的柴薪，此时心中早已跳跃起灵魂的火焰。在这里，柴薪是一种不可或缺的隐喻，以禅的方式静坐于茫茫山野，早已忽略一柄利斧的凛寒之光。

还有一个词叫薪火相传，意指祖辈传下来的手艺或者传统世代相传。一个人手举火把，传给另一个人，一双手将旧时的月光与温度传给另一双手，一颗心将内心的叮咛与嘱托传给另一颗心，以接力棒的方式延续村庄的苦难与快乐。我亲手接过的，是父亲母亲默默传递的骨血，它们一直在我乡村的身体里汩汩流淌。火焰的温度，柴薪的光芒，炊烟的圣洁，粮食的贞净，悉数收纳在我简洁的思维中。

世间草木，是最为纯净的存在，从不蝇营狗苟、钩心斗角。我们村的那些草木，荠菜、艾蒿、玉米、大豆、棉花、榆树、柳树、刺槐、梧桐，无一不能作为养育炊烟的柴薪。它们是有根之草，有根之木，养育了我们这些无根之人。在心似浮萍的漂流过程中，有谁还能忆起故乡的草木？有谁还能在光怪陆离的梦里，记起家园的枝枝叶叶？

至于榾柮，则像是开启农耕时代的密语，是介于树干与树根之间的腰椎，是至关重要的部位，也是诗人与雅士最为看重的章节，相当于文学的骨，承天接地。陆游在霜夜里，“榾柮烧残地炉冷，喔咿声断天窗明”，以火写出不眠之夜的冷，那堆燃烧之后的榾柮，似有微光在灰烬中若隐若现。

与之相比，范成大的《冬日田园杂兴》就温暖了许多，乡土气息浓厚："榾柮无烟雪夜长，地炉煨酒暖如汤。莫嗔老妇无盘饤，笑指灰中芋栗香。"我们的日子虽然清苦，但有了草木的焰火与温度，即使将熄的灰烬中，也还有一块煨熟的地瓜或土豆、一把花生或栗子散发的浓香。

转眼，母亲走了将近有一年的时光，除了记忆，我尽量不去触碰与母亲有关的细节。寂寞的老院中，一堆经年的柴薪还在默默等待，等待那吱呀的开门声，等待母亲颤巍巍的那双手将其引燃，也引燃我的乡村之暖。

话说长虫

通常情况下，蛇是一位隐士，隐蔽在清凉的角落，看着我们的村庄，看着村庄里飘来荡去的人影。盛夏，常见一条弯弯曲曲的蛇行之痕，从路的这边到路的那边，但没有人看见这位隐士穿过的样子，大概它也知道自己的步法有异于常人，于是选择在阳光炽热的中午，转眼消失在对面的草丛中。

我从小怕蛇，怕一切软体动物在手中蠕动时的震颤。那震颤即使细微，也牵扯神经。譬如豆虫，譬如尚未蜕变的蛹。芒种，麦田里吹过一阵又一阵热风，我手持镰刀，闪亮的刀锋映出阳光的纯粹，也映出我少年时的影像。我用手将散落的麦子聚拢，手掌突然触到一种异样的冰凉，一条蛇在我的手中摔落。麦子安静，蛇隐藏其中，一种被挑衅的懊恼，让我举起手中的镰刀。红色的血，红色的扭曲的身体，定格在少年的记忆中。

读周晓枫的《斑纹》，一条响尾蛇以蜕皮的方式，将代表年轮的鳞片在尾尖聚集，“这些鳞环就是它的年轮，它慢慢聚敛的财富。鳞环叠合在一起，振动起来就像响板”。蛇用残酷的方式一次次蜕变，短促的麦茬，蛇将开裂的头部挂在上面，开始脱掉已经不合体的衣裳。田野安静，没有人知道一条蛇蜕变时的危机四伏。据说，即使一丝风吹草动，也会让一条蛇在蜕皮的过程中送命。

在伊甸园，蛇是魔鬼的化身。善恶树上的果实，谨守心中的秘密，让一条蛇寝食难安，它要说出来，即使面对被砍掉四肢的危险，也要告诉夏娃与亚当：“吃吧，吃掉了那红艳艳的果实，就会拥有此生的幸福。”在原罪诞生的册页上，是蛇写下了这不可忽略的一笔。也许，是人类的嫁祸？不愿承当这与生俱来的罪责。

《创世记》里说，女人生产儿女必多受苦楚；要恋慕丈夫，及被丈夫管辖；男人则要受诅咒，要汗流满面才得糊口，直到他归了土，从此需终身劳苦才能从（田）地里得到食物，而地会长出荆棘和蒺藜。

抛开有神论的话题，我宁愿相信蛇与万物是和谐存在的自然物种，游走在村庄附近。夜幕降临，它从阴凉的洞穴中出来，爬上离它最近的土丘，看星辰在夜空闪烁，听风掠过矮矮的草丛，蓄谋一次与生命有关的进攻——这也是食物链上必不可少的一环，就像我们为了果腹不得不吞咽肉食与谷物。

在书法上有个词叫“笔走龙蛇”，意思是书者的心、手与游走的笔锋达到了某种默契。杯弓蛇影不是，是懦弱者的自我恐吓，将虚无的影像无限放大，以至于难以承受。画蛇添足更不是，是自作聪明者留下的败笔，无可弥补。我们村盖房，上梁那天要放炮仗，要在梁头上贴上“金蛇挺玉柱，白虎架金梁”的楹联，寓意修建的新房坚固结实，有神灵庇护。

乡间有一种草，叫蛇衔草。“昔有田父耕地，值见伤蛇在焉。有一蛇，衔草著疮上，经日伤蛇走。田父取其草余叶以治疮，皆验。”这里的记载应该先于李时珍的《本草纲目》，也是蛇与草木和谐共生的最好见证。

我们村管蛇叫长虫。夏日的夜晚，桂琴嫂子和几个小媳妇在河滩上捉知了猴。几个小媳妇胆子小，腿脚也快，在前面喊：“桂琴嫂子快点，又跟哪个相好的在那磨蹭。”桂琴嫂子说：“等等，就好。我把缠在腿上的长虫解下来。”众皆失色。

牌位是活着的先人

牌位是活着的先人，最上面的算是祖先，可考，可以沿着时间的河流上溯到某个洪荒年代。

比如中原很多人，都以山西洪洞大槐树老鸹窝为祖居地，一道圣旨降下，我们的先人不得不离开熟悉的家乡、熟悉的茅草屋，作别村口的老井、村前的那条河，作别田野里的谷物与草木。也许再见时已是“乡音无改鬓毛衰”，也许没有也许，只能眼巴巴地遥望北方，梦里的老槐树花开花落，一年年、一度度皴裂了树皮。

我看牌位就是一棵树，因为与活着的世界有别，所以倒着生长，上面的那个人正襟危坐，两只手仿佛在抚摸下一辈人的肩膀，说：“说老就老了哇，老了也好，可以眼看着子孙繁茂、人丁兴旺，南岗子断不了延续香火之人。”下面的人大多数时间沉默着，看老屋上垂下蜘蛛长长的丝线，日光透过被檐雨摧朽的椽头，穿堂风吹起尘埃的漩涡，上升，上升，直至夜幕降下，牌位上的先人们坠入沉沉的梦境。

我们担负着唤醒先人的重任，一个人老了，灵魂脱离了俗世的躯壳，就等于这个人和仙界有了某种关联。在心理上，我们需要先人们的庇佑，无形的灵魂保佑有形的肉体日日平安、家园鼎盛，期待某日也有一个有出息的孩子可以飞黄腾达（长久以来，我们多以此为信仰，而忘了感念万物，感念造物之神赐予我们衣物与谷物，这有悖初衷）。

牌位上的先人依旧沉默，在有关人生观、价值观和世界观等诸多问题上往往不发表任何建设性的意见，只是沉默，一任尘埃落满衣袖。

牌位的终极去处应该是村东的宗祠，就像一些潺湲的支流汇入家族的干流，零散的分支在这里显得更加有序，也更便于拜祭和进献香火。我们祖先的来历有些暧昧不清，也有些传奇性：说是南宋末年有赵氏姐弟为了逃避战乱，衣衫褴褛来到古郜国，夜晚留宿在一间破庙里，姐姐看着一脸疲倦、沉沉睡去的年幼的弟弟，发出一声叹息：哪里才是我们的安身之地？冥冥中传来一个声音：“铁牛上树棒槌响，便是你们的安家之所。”近似偈语。翌日，姐弟二人走到一条小河边，有妇人在河边浣衣，忽听得一声呵斥孩子的声音：“铁牛，莫上树，小心摔着。”说完嗵嗵的捣衣声起。

母亲曾说，宗祠里原有一座神龛，木制，装有特制的消息（机关、某些活动部件的意思），拜祭完，抚一下神龛的脚面，神像便会自动站起，轻抚你的头顶。我没有亲眼看见，现在是一尊泥塑的泰山姑娘，双目慈祥，和蔼可亲，身着一件大红披风，眉目间可见飒爽英气。

原来我们一直生活在母系氏族社会，沿着长长的族谱上溯，可见历史的尘烟。“赵宋一家”，便来自此说，信然。

狗牙叔说过一件事，说在自己小的时候，过年，母亲做好了拜祭先人的供品，一再叮嘱必须等先人们用过，方可食用。狗牙叔抵挡不住心中的馋虫乱拱，抓了一把塞进嘴里，到了晚上便双目赤红，脸颊发肿且胡言乱语。后来请巫医在宗祠做了一通法事，才算消停。

依我看祖先们未免有些小家子气，清贫年代能做几个油汪汪的供菜已属不易，也别太难为了一脉相承的子孙。

牌位上的先人在笑，那笑容看起来有几分和蔼，也有几分捉摸不定。

懒驴拉磨

很明显，懒驴拉磨是一个贬义词，后面半句有点不讲究卫生。“懒驴拉磨屎尿多”是说一个人不想工作、不好好干活，偷奸耍滑到一套磨杆子就生出无由的是非来。

这种毫无根由的嫁接其实冤枉了人间好驴。看看毫不起眼的驴子吧，虽然不如马长得健壮高大，但是有耐性，且每日微笑着。虽然不及一头牛有力气，但耐得住长途奔波，一把草料，陪伴主人风里来雨里去。

分队时，我刚刚记事，有的人牵马，有的人牵走一头耕牛，轮到二大爷的时候，只剩下一头瘦驴。二大爷自嘲：“人瘦，分到的牲口也瘦，算是瘦到一家了。”

分到马的叫马三，有一天在秋田里耕地，一声巨响突然炸裂在上空。惊了的马一路狂奔，把秋后的田野当成了无边的草原，拉着铁耙，翻过河堤，越过老河滩。铁耙上挂着的马三面色赤白，喊哑了喉咙。最后河岸上的一株小树，充当了马三的最后一根救命稻草。

分到驴的二大爷，第二天就赶着驴车到县城土产公司进了一批货，有锹，有镐，有塑料盆、扫帚、麻绳、拴狗的铁链子、刷锅的铁丝球。每逢哪里集会，铜铃响叮当，二大爷和小毛驴就晃晃悠悠上路了。其实觉着没几年，其实一晃又过了好多年，二大爷家的大小子国庆大学毕业去了东北，二小子建国去了海南。就昨天，我和骑着电动三轮车的二大爷遇见，二大爷还说："这哪如一头长眼的驴啊，遇见沟坎都知道绕过去。"

信然。一头拉磨的驴子在想什么，你永远不知道。

豆腐坊里的灯光昏暗，沉重的磨石在忽忽转动，一如沉重的流年。泡了水的豆子，金黄中透着一种草木的芬芳。驴不是没想过，一粒豆子落在石磨上跳着芭蕾，能听见足尖转动的声音。那声音疯长，长成一片青青的豆田，长成金黄的豆子，长成一头驴脑子里即将苏醒的欲望。"啊，啊"，高亢的驴鸣不是抒情，是一种无奈而绝望的反抗。

李时珍说，驴脸长额宽，耳朵像长矛，夜晚叫的次数与更次相应。我想，一头驴从野驴进化成家驴，其间肯定经过漫长的岁月，也肯定经过无数次刻骨的记忆，皮鞭、咒骂、明晃晃的屠刀，这一切都让一头瘦弱的驴子心悸。所以，与时间、节气同行的驴谙熟了更次，比一只鸡更有准星，看月光漫洒在窗外，石磨上的豆子只剩下最后一粒，“啊”的一声长鸣，唤醒了黎明，唤醒了沉寂的村庄。

刘亮程说自己是一个通驴性的人：“我觉得我和它们处在完全不同的时代。社会变革跟它们没一点关系，它们不参与，不打算改变自己。人变得越来越聪明自私时，它们还是原先那副憨厚样子，甚至拒绝进化。它们是一群古老的东西，身体和心灵都停留在远古。”这是一头活在远古时代的驴，保持了与世无争的品性，保持了对待世界的本真态度，不欺不骗，也有着自己的职业操守。

另外，有关骑驴，应该是一种生活态度。张果老骑驴，到了地方，将驴子纸一般折叠起来，近乎当下的折叠自行车。可放置箱中，乘的时候喷上一口水，便又成了真驴。如此，才能得道成仙。

另一位是诗圣杜甫，“平明骑驴出，未知适谁门”。

骑了一上午的驴子，竟然不知要去哪里，一副蹇驴破帽的洒脱与悠游自在。

最文艺范的骑驴应属贾岛那种，某日骑驴途中，忽得佳句："鸟宿池边树，僧敲月下门。"开始用的是推，后来在驴背上引手做推敲状，不想一驴头撞进韩愈的仪仗队里。到底是性情中人，到底都是文学圈里的高手，由此"推敲"二字堂而皇之地写进了中国文学史。

我不善推敲，一篇小文只和一头驴说："尊敬的驴先生，请您老人家斧正，《懒驴拉磨》算不算是为驴界平反昭雪？"

拨浪鼓里的小人儿

阡陌蜿蜒，玉米在一场夏雨后拔节，嘶嘶的声音盖过草间虫鸣。一朵云在远远地飘着，袅无心事的样子，一辆货郎车，吱吱扭扭从田野的深处推出来，推车的人是一个瘦小的老头儿。我有时会发现自己的记忆永远停留在童年的某个时段，那些熟悉的人开始什么模样，后来就一直什么模样，那时的村庄像一幅静态的水墨画，从未有任何改变。

推车的货郎姓侯，二大爷打趣说："老猴儿今天又要表演个什么节目？"老侯不说话，从货郎车上抽出一把拨浪鼓，波唧唧，波唧唧，波波唧唧，一阵紧摇慢摇，打出的鼓点清脆有声，喊醒了村里午睡的人。妇人出来买针头线脑，小孩儿出来买大米团、螺丝糖，年迈的婆婆从门缝里抽出来一团经年累月梳掉的头发，能换一个月的酱油、醋。

这时候，拨浪鼓是主角，光润的鼓把儿，红红的鼓腰，紧绷绷的牛皮鼓面，稍一转腕，鼓声便撒豆子似的往天上飘，落满整个村庄。有记载说，拨浪鼓是我国最传统、古老的乐器和玩具，出现于战国时期。可见，在祖国的大江南北都曾留下朗脆的鼓声，一面走，一面摇，牵动历史的牛缰绳，一走就是两千多年。

我对拨浪鼓的记忆颇深，有一天远远听见咚咚的鼓声，赶紧从墙角旮旯拿出早就积攒下的破布旧鞋烂麻团，想要换一只铁制的口哨和几个惹人垂涎的大米团。抄近路，沿着村前的堤口爬上河堤，两旁是葱郁的树、寥落的蝉鸣，一直向鼓声传来的方向跑去。拨浪鼓的声音听起来近，其实货郎车尚远，我到后来才弄明白，声音传播的速度远大于米团的味道传到舌尖的速度。我百无聊赖，只能坐在树桩上等，身后冷不防传来一阵阴森的笑声，回头一看，是张马庄的疯子马三，一蓬衰草似的头发，像狗牙草长长的茎蔓，遮住半个脸，脸上是狰狞的笑，我想跑，却被脚下的杞柳条绊倒，骨碌碌从河堤上滚下去。当然，那天的口哨和大米团没了，疯子马三却从此长在了记忆里。

最早的拨浪鼓被称作“鼗”，战国时期主要作为乐器使用，发展到宋代已有三种用途：一是礼乐之用，二是商业之用，三是儿童玩具。用于商业的叫“货郎鼓”，用于招徕顾客。“鼗鼓街头摇丁东，无须竭力叫卖声。莫道双肩难负重，乾坤尽在一担中。”大约说的就是这个场景。北宋画家李嵩有图可证——《货郎担图》，画面上货郎肩挑杂货，不堪重负般弯着腰，妇女领着孩子，儿童奔走相告，喜悦之情溢于言表。货郎担上的物品之多，可谓琳琅满目，从锅碗盘碟，到瓜果糕点、针头线脑，无所不包。虽然并没看见拨浪鼓，但在众多货物后面肯定有一把警醒岁月更迭的拨浪鼓，在恰当的时机，金戈铁马，穿越鼓角争鸣的战场，游走于民间，游走于硝烟与烽火之外。

通常，货郎老猴儿会在我们村的祠堂前停留一个中午。树荫如盖，老猴儿忙完一阵就坐在一盘磨石上抽烟，旱烟。烟从老猴儿的嘴里吐出，打着圈圈儿，弥散在日光中。我比较好奇，问老猴儿拨浪鼓为什么会响。老猴儿又吐了一个烟圈儿，说里面住着一个小人儿，我一摇小人儿就醒了，在里面开始敲鼓。此后的很长一段时间，我一直惦记着拨浪鼓里的小人儿，比如他如何吃饭睡觉，如何拉屎尿尿，如何幸福地跟随老猴儿走村串巷，看遍人世风情。

周作人有一篇文章《一岁货声》："卖东西的在街上吆喝，要使得屋内的人知道，声音非很响亮不可……'嗳……十朵，花啊晚香啊，晚香的玉来，一个大钱十五朵。'什么'来'的句调本来甚多，这是顶特别的一例。又七月中卖枣者唱曰：'枣儿来，糖的咯哒喽，尝一个再买来哎，一个光板喽。'"听起来倒也别致，只是贩者的嗓子真让人操心，这一天天下来，不知要喝掉多少老北京的大碗茶。还是拨浪鼓好，手腕轻摇，波啷啷，波啷啷，波波啷啷的声音沿着声波的方向四散开来，摇得天长地久。

久不见沿街叫卖的货郎车、货郎担了，当年的老猴儿几乎和疯子马三同年死去，一个98岁，一个99岁，都是无疾而终，算是圆满。现在我唯一惦记的就是拨浪鼓里的小人儿，这么多年过去，不知长成了什么模样？

装箱的过程

猫踩着瓦垄爬上屋脊，夜就黑透了，两只绿色的眼睛在老屋上蹲守，守着缥缈的夜色，守着凉凉的风——那风翻过屋顶，爬过低矮的土墙，钻进木格窗棂的房间。谁在夜里嘤咛低泣？像是一株野草受到寒风的惊吓，抱着双肩在夜里颤抖。

黄河故道上的女子，大抵和田野里的草木一般无二，小时和男孩子一样野，上树翻墙，剃野小子一样的头发，打架、骂人，夜幕降临，手牵手去高庄、李庄、后刘楼看露天电影。后来慢慢长大了，才知道自己毕竟是女孩子，与男孩子不同，娘呢，也开始教一些女孩子该做的事情。比如纳鞋底，比如纺棉，比如坐在老旧的织布机上，飞梭走线，咔嗒、咔嗒，编织寂寞的流年。

《礼记·内则》记载："女子……十有五年而笄。"是说一个女孩子到了15岁，就到了该结婚的年龄，要束发，戴上发簪，恭候那尚且影影绰绰却要一生与之齐眉并肩之人。

我们村的女子大多出嫁较晚，其中有很多难以言说的缘由。比如家中的弟弟尚未找到媳妇，父亲和母亲一商量，再等等吧，等个合适的机会，女儿的彩礼一转手也能应应急，男方的聘礼也能顺便派上用场。比如家中有个憨傻的哥哥，指望像别人家的男丁一样娶个如花似玉的大姑娘，貌似可能性极小。媒人几次撺掇，莫如换亲，你家的女儿做我家的媳妇，我家的女儿嫁你家的男丁。世上再没有比这等事情更让人唏嘘无奈的了，明明一百个不愿意，看看一家人愁苦的脸庞也不能再说什么。除非死，除非你性格足够刚强。所以一般的女子也就忍了，这一忍就是一辈子，说不上来好，也说不上来哪里出了问题。

于是那哭就有了丰富的内容，有父母多年的养育之恩，有兄弟姐妹之间的手足之情，有对这个简陋的家的恋恋不舍，也有对未知命运的莫名激动与憧憬。当然，也有对生活的怨恨与诅咒，因不能把握自己的命运而绝望。

我们村的女子出嫁，头天晚上有个装箱的仪式，无论贫富，总要有一些陪嫁作为象征性的弥补。这么多年，一个乡间女子从襁褓到及笄之年，经历了乡下人的许多轻视，经历了无人知晓的隐秘之痛，经历了像男孩子一样的劳作，甚至只能看着兄弟们背起花书包去上学，而自己只能在空旷的田野上，锄地、间苗，给棉花打杈、捉虫子，还要帮助母亲在昏黄的灯光下做女红，瞌睡了，针尖扎伤了指尖，也只好自己含泪吮吮，默默咽下那血与泪。

装箱开始，有东家送的花被单，有西家送的红枕套，姨和舅家，是至亲，除了会送稍微好些的礼品，还有备好的红包，一边交至女子手里，一边说些安抚的话语。譬如到了男方家能忍的要忍，该做的努力去做，谁都有媳妇熬成婆的那一天，总会有出头之日。街西的花婶，因吝啬闻名乡里，别家嫁姑娘，随礼吧心有不舍，不随吧晚上又在床上折腾来折腾去睡不安生，第二天买了一双袜子，趁着人多放下就走，主家看见也不多说，毕竟是喜事，犯不着因为一双袜子生气。风水轮流转，终于有一天花婶嫁闺女，送礼的人来了一个又一个，装箱的人唱着喜歌："金箱银柜明又亮，缎面被子配几床。好衣好裤十几套，床单褥子有两双。花枕头，花布块，小匣子，莲花盆，胭脂冠粉一起装，还有花鞋和花袜，每样都有十几双。"花婶一边数，一边跟女儿一起啼哭不已。哭的啥，天知道，明天的唢呐照旧滴滴答答上路，吹落漫天白茫茫的雪。

老河滩嫁女毕竟有老河滩上的规矩，别看这里穷，却有老辈就留下来的织锦手艺。水纹代表绵延不绝，好日子长长久久；枣花纹寓意早生贵子，多子多福；灯笼纹暗示着喜庆吉祥；芝麻纹预示着节节攀升；合斗纹以长方形、正方形组成一些“十”字、“井”字类的图案，体现了老河滩人心中对“十全十美”的寄托与渴盼。具体到装箱的被面、床单、褥子上，根据家庭经济条件的不同而不同，少的四铺四盖、六铺六盖，多的则十铺十盖、二十铺二十盖，眼看装得木箱里满满当当，便在角落里撒一些钢镚儿、花生、枣子、糖块。

我家穷，大姐出嫁，父亲坐在门墩儿上抽旱烟，一边有一搭没一搭地跟送礼的乡亲象征性地寒暄，一边叹气。大姐作为我们家的骨干劳力，没少给这个清贫的家做贡献，装箱前几天更是主动放弃更多的陪嫁。母亲一边抹泪，一边背过脸去，不忍看空荡荡的木箱。

我记得大姐出嫁那天，应该是深秋，叶子无聊地随风飞舞，我和一条老狗追至村后干涸的池塘边。大姐挎着一个红色包袱，坐上一辆倒骑驴（三轮车的一种）渐渐远去，最后还是忍不住回头，满脸泪痕。这光景一过三十余年，而大姐也已离开世间二十六年，竟没过上几天好日子。

04

第四辑 一把锄

与一头牛相遇 / 与先民相遇 / 只需通过一件朴素的农具 / 便可倾心交谈 / 昨日地 / 今时天

yi

ba

chu

田庐：天作被，地作床

田庐该是农耕时代的产物，你想，在青绿的田野上，建筑一爿属于自己的小小房屋该多有诗意。杜甫“卷我屋上三重茅”的茅屋肯定也是一方小小的田庐。夜深，杜大爷因为一首诗不能入眠，于是披衣站在茅屋外，星河浩渺，遥远的天际有流星坠落，引起一声低沉的犬吠。

只不过杜大爷的茅屋还是“为秋风所破”，茅草挂满一个时代的屋檐，这是意识形态上的茅屋，语文老师说形容了诗人当时惨淡的心情。我不管，兀自捧着书摇头晃脑，黄腔（方言，故意扯出长长的腔调）拖了半里地长。

我记事起，我们村的田野上就没有了田庐。有，也是象征性的一间棚子，外面种一片瓜，里面住着瓜爷。我曾经杜撰了一个故事，说年轻时的瓜爷喜欢上邻村的一个姑娘，后来姑娘的爹不愿意，执意把姑娘许配给一个有钱人家。那时姑娘已经怀了瓜爷的孩子，出嫁前一天，跳进了瓜田的那口井里。想想，写作者有时真是丧尽天良，明明可以设置一个大团圆的结局，却为了博人同情一定要将故事写得悲悲戚戚。

不过，我清楚的是，作为农耕时代标志之一的田庐，永远留在了我的记忆里。夏日暴雨，村前的小桥被浑浊的河水淹没，瓜爷一个猛子从这边扎进去，一袋烟工夫才在对岸出现，在我们的惊嘘声中，走向我童年的那片瓜田。

《诗经》中的田庐，出现在《信南山》中。“中田有庐，疆埸有瓜。是剥是菹，献之皇祖。”是说田里种了萝卜，田边地头种了茄子、辣椒，剥的剥来腌的腌，献给我们伟大的老祖先。祖先在这里等同于赐予我们谷物与菜蔬的土地，有先民进献时的虔诚态度，也是我们应该继承的传统美德。只是，有些芝麻粒儿大的小官，也敢一边在饭桌上狼吞虎咽，一边嘴里不闲地辱骂农民。我在此定义此类人为非人，亦怕辱没了牲畜这个与农业农耕息息相关的词语。

王祯《农书》里说，古代有五亩之宅的制度，其中两亩半在城邑，两亩半在田间，也就是《信南山》里所说的“中田有庐”。自从井田制废除，农家就散居各处，随着耕田所在，庐舍、园圃就变成了永久居所。四时的农事作息，都比较方便。我以为这是好的，劳作了一天，田野的深处传来小儿亲昵的呼唤，炊烟沿着阡陌的方向，袅袅升向天际。锄头挂放在山墙上，伸手摘下一颗随便什么果子，在衣服上蹭蹭塞进嘴里，引得一群鸡鸭熙熙攘攘啄着裤腿，踩着脚面，生怕被忽略了。

记忆最深的当是留宿在田野上的时光。白露节气，我们家的花生开始收获，白天用抓钩刨了晾晒，晚上就着一弯新月摘花生。说摘其实是将一把椅子横放在前面，抓着花生秧在椅子的木橧子上敲打，叮叮当当。花生敲打木板的声音，远处传来的夜鸟归巢的声音，秋草间小虫们的鸣叫声，让夜显得更加寂静。

没有田庐，这时天作被、地作床，我躺在花生秧清甜的气息里，随着梦向星夜飞去。田庐不会再有了，我将在心中修筑起另一座永恒的田庐，童年、田野、谷物、亲人，都将永久居住其中。

樵斧：从斧子开始，到哪里结束

樵是樵者的樵，身披一身月光走在蜿蜒的山道上。那是远年的远年，人无须有太多的念想，有吃有穿，躬身于田亩间，便可度过清简的岁月。斧是金属，是铁，一块黑色的铁浸透水与火的筋骨，游走在民间。

《释名》说："斧，甫也。甫，始也。凡将制器，始用斧伐木，已乃制之也。"是说有了斧子之后，农耕文明才开始。"斫木为耜,揉木为耒"，意即用斧子削削砍砍，就制成了一架简单的犁杖，将木头在燃烧的火焰上烤，木头就弯曲成称手的犁柄。而后"木直中绳，輮以为轮"。农业社会的车轮就开始在大地上滚滚而来，载着太平与硝烟，载着失望与希望，将村落安放在我们的内心。

我们村虽小，但很久以前就有木匠宋庄的美誉，在人烟稠密的鲁西南，我们这座村庄太不起眼，但说起木匠，人们便会恍然大悟：“哦，原来是那里。”有木匠便有斧子，我们村的木匠每人都有一把称手的斧头，削、砍、砸、锤，把日子过成了斫木的叮当声，一声声连贯起来，就像木头的纹理般清晰。

程咬金的三斧子，劈脑袋，鬼剔牙，掏耳朵，眼看着一位混世魔王抡着一把生铁板斧，骑一匹乌骓马奔跑在灭隋兴唐的康庄大道上。这与樵斧无关，是一把普通的农具在进化的过程中有了嗜血的性情，虽有悖于事物发展的初衷，但又有逻辑上的需求，在朝代更替中闪耀着不可磨灭的光辉。

在我们村，“程咬金的三斧子”是用来形容一个人爱说大话、吹牛皮，但就是不落在实际行动上。代表人物就是住在大队部羊圈里的老程。老程本不叫老程，而叫福海，寓意“福如东海”。老程开始说要养鸡，垒了半截鸡圈，又说要去村东的池塘里养鱼。人懒，下大雨，缺了口子不去堵，鲤鱼跳龙门，一塘鱼苗直奔东海。后来又去打零工，雇主说你一天干的活儿还赶不上管的三顿饭钱，于是直接被发配回生于斯长于斯并将死于斯的村子里。

我最后一次见老程，他靠着半截土墙在晒暖儿（方言，晒太阳），花白的胡子，脸上沟沟壑壑，真像是自己刀砍斧斫的。江湖岁月刀，刀刀催人老，老程叔用自己的方式读完了自己的个人史，想来是非对错还真难界定。

母亲也有一把柴斧，按说叫柴刀更合适。每次下田，母亲都将柴刀带在身上，割草、砍树上的枝枝杈杈，青草、树叶用来喂羊，干枯的树枝用来做柴烧。这更贴近樵斧的本质，以铁的意念在植物的世界中游走，把时间过渡为燃烧的柴薪，薪火相传。

李锐《太平风物》中对樵斧作过如下描写："棕黄色的斧柄被手掌磨得通体光滑，两寸多宽的斧刃连着厚重窄长的斧身，锋利的刃口在柔和的僧衣上寒光闪烁，能当锤头用的斧背渐渐收成一个略带凸面一寸见方的凶猛的倒锥体。这把历经了无数杀伐的利器，有几分悲壮地突兀在优美如画的风景当中。"

这是一把凌空蹈虚的樵斧，在十五起连环杀人事件之后，以文学的语言静止在灰色的僧衣上。原本被机器切断了四根半手指的农民工了断已然了断了残生，可是又有谁来定义一把樵斧的今生？

耕牛：缱绻与决绝

我认识那头牛，那头牛也认识我，看我放学归来，它甩了一个响鼻，低声哞叫了一声，算是打过招呼。牛是黑色犍牛，两只犄角直直地向前冲，牛眼里汪着一团水，其中有青碧的庄稼、黑黑的树影，有我家简陋的院落和一根晾晒衣服的铁丝绳上休憩的几只燕子，也有我们童年的愿景。

那时候几乎每家都有一头耕牛，村口的小树林，门口的树桩上，村东的池塘边，走着走着，便会与一头耕牛相遇。没有彼此间的虚假客套，伸出手掌在它光滑的皮毛上轻轻抚摸，也算是交流之一种，比之人前交口称赞背后砸黑砖不知正大光明了多少倍。

《齐民要术》说："服牛乘马，量其力能；寒温饮饲，适其天性。”意思是说驱使牛马，先要估量它的能力；冷热饮食，一定要适应它的天性。这样，一头看似忠诚的耕牛，才能与我们相依为伴，才能拼尽全身的力量在大地上耕耘。我总觉得时间有时像一只熊瞎子，一边走一边掰玉米，拿不下就丢，到最后还是仅剩下几个玉米。这与时代的发展类似，机械代替了人力、畜力，也失去了人与万物交流的可能性。你不可小觑这样的倾心交谈，在面对一头耕牛时你会觉得天与地如此相亲，人与物的灵魂如此熨帖。

我们家饲养耕牛一般有如下几种方法：

一、夏日的田间，野草蓬勃生长，车前子、香附子、狗牙草、莠草、小虫儿卧单，简直是草药的天堂。草即药，药即草，无论苦涩还是清甜，一把镰刀割下来，在小河里淘洗干净，就是耕牛最好的菜蔬。我懒，割草时一般卧在草丛里斗蛐蛐，二姐、三姐手起刀落，早就割了满满一大篮青草。无疑，在那头黑犍牛的记忆里，我不过是一个滥竽充数的庄稼人，戴着一顶农人的帽子，妄图以一支笔记下农耕岁月的纹理。

二、喂麦糠、麦秸。有时我想，一头牛的胃囊到底有多么强大，尖利的麦芒、看起来毫无营养的麦秸，它都能坦然地用舌头卷起，在灯光下咀嚼。它会以为这是上天的恩赐，还是抱怨命里注定干世间最粗重的活、嚼世间最难咽的草？我们不得而知。

我们默默地把麦秸与麦糠堆放在仓房里，这是一头牛一个漫长冬日的食粮。灰色的蛾子在光束中起舞，一只壁虎从屋檐下觑见了人世寒凉。牛始终不说，不说难以承受的苦累，不说今世的夙愿与来生的希冀，只憨厚地躺在我们家的牛圈里，目光似佛。

三、父亲往往只在耕耘的时节才舍得抓几把玉米放进草料里，这时，那头牛似乎明白了什么，玉米粒在口中嘎嘣，思绪却飞向了田野。那是人的土地，也是万物的大地，只有耕耘才有收获，而除了耕耘我们还有多少生存的意义？这是一个值得商榷的问题，有人倚仗权势能迅速致富，有人靠几个花花点子就能如鱼得水赚个盆满钵满，只有我们和憨厚的耕牛，一前一后，被时间的灰尘湮没，被遗忘在历史的角落。

齐白石画牛，远处是树影、山影，是故乡的小桥维系起一个人与村庄的情感。头戴斗笠、身披蓑衣的农人，手执一根柳枝将沉睡的春日唤醒。那头牛是青色的，是老子过函谷关时的坐骑，指引村庄通向幸福的所在。青色的牛轭，青色的牛衣，青色的天空与大地，一瞬间让我沉陷在远古的诗意里。在一大片留白里，我似乎看见一头耕牛拖曳的村庄，月光皎然，纹理清晰。

我后来也养牛，蹒跚学步的小儿将豆饼、青贮饲料投放在石槽里，是为速肥。这与一头沉默的耕牛无关，在未来漫长的时光中，我相信，你再也不能与一头有着泥土般温情的耕牛相遇。

水车：你为何如此思念水

我在端详一架旧年的老水车时，才发现村前的那条小河越来越瘦，纤细得像大地的一根毛发，月光下，沾染了霜花的苍白。河流寂静，此时水车无声，只剩下一架即将腐朽的轮廓，在遥想当年的水声。没有人知道一架水车苍茫的心事，正如历史的车轮滚滚向前，人们目视前方，从不曾想返回那些泛黄胶片的苦难现场。

老祖母在给我讲述前，将手中的银针在头发上抿了抿，缺了牙齿的嘴，像时间的虫洞：

“已经三个月了，种下的禾苗开始枯萎，从开始点点干枯的叶斑，到一整片叶子失绿、变薄，像透明的纸片。日头烈，无名风起，尘土趁势卷起，在老河滩上形成一团团裹挟着热浪的风沙，一眨眼，卷走了薄如蝉翼的叶片。

人们恓惶地看着，一任干旱割裂嘴唇，他们说不出话来，因为已经失去说话的力气；他们的眼里流不出泪来，因为泪腺已经干涸。村前的小河，此时干裂如失语的嘴，敞向天空。

“好吧，怨是无济于事的，在农人的心中天地代表准则，风雷雪雨是不可僭越的律法。只能求助于天。”

老祖母说到这里，手中的银针顺势落下，嘴唇兀自颤抖。我知道她要说什么，在每一次表达前的感情酝酿里，泪水一定会不期而至。

“十二寡妇去扫坑，扫的扫来埆的埆，不出三天下满坑，再等三天你不下，十二寡妇一齐嫁。”这是我们村当年流行的歌谣，老祖母带领着老河滩上的十一个姐妹，忘记屈辱，心怀虔诚，有的人拿着一把扫帚，有的人端着簸箕，走在祈雨的路上。不知祈求了多少次，也不知多少次仰望天空，日头还是日头，天还是天，终未见一滴雨落下。

老祖母说，从那年起，村前的小河里就有了一架转动的水车。从那时起，我们村里每个人的记忆里就有了一架日夜转动的水车。

在湘西，沈从文的故乡，我曾看见一架老迈的水车停放在岸边，或许是老了，或许是再也经不起流水的拍击，孤单地停泊在沱江的岸边。我想，每当这位“赤子之心，星斗其文”的老人伏在桌案前，拈起一支笔，脑海里一定会浮现出故乡的山、故乡的水和沱江畔那架老式水车。水车缓慢转动，竹筒里的水流清澈，吊脚楼里的歌谣湿淋淋地飞起，才有了那些如水般流淌的文字。

这是南方的水车，转动的是轻柔，是月光下的田园诗意。在北方，甘肃兰州，水车作为农业灌溉中不可缺失的一环，仍然在以母亲般的温情，浇灌着黄河两岸。

西北风沙肆虐，有着更长的缺水期，据《重修皋兰县志》记载，兰州的水车是由明代兰州段家滩人段续所创。“续里居时，创翻车，倒挽河流，以灌田，致有巧思，沿河农民皆仿效焉。”这里的翻车就是王祯《农书》中记载的水转翻车：在河岸边挖一条狭沟，把水车安放在沟内，车的踏轴的一端装上一个竖齿轮，竖齿轮旁边，架立一根立式齿轮，上下安装两个卧轮，上一卧轮的轮齿恰好跟踏轴竖齿轮的辐条伸出辋外的长齿交错。如此，逼水旁流，激射下轮，带动上轮，竖轮随即带动翻车，提水上岸。

这小小的变革解放了人力，也使水车一闪身进入农耕史。如今，当你走进地处黄河南岸的兰州水车园时，一定不要诧异，历经400余年，段续所创水车日臻完美，形成了自己独特的风格，雄浑粗犷，悠悠旋转，日复一日倒挽河水，灌溉万亩良田。

老祖母走了，就像一阵风消失在老河滩上，那架孤单的老水车不知何时也消逝在我的视野里。有时，我坐在村前的小河岸上，耳边时常还会响起哗啦啦的水声，转动的水车，清澈的水流淙淙，如一条细细长长的血脉，流进干涸的土地。

我知道我为何如此思念水，只因一架老式的水车在睡梦中日夜转动，像母亲的摇篮曲，像遥远的歌声，怕快节奏的我们，来不及，谛听大地的母语。

牧笛：和一头牛踏上回家的路

写这篇文章的时候，我刚看完上海美术电影制片厂1963年发行的动画电影《牧笛》。近乎天籁的牧笛声中，蜿蜒的山路上走来一头水墨的牛，一团黑，犄角弯弯，一个牧童骑在牛背上，正吹奏一支长长的竹笛。这符合牧笛的定义，只身放牧一头性情温顺的牛，放牧童年。我想，但凡从那个时代走来的人，一定熟悉这样的场景，只是后来的离乡、嬗变、人事更迭让人渐渐忽略了一头牛的存在，忽略了曾经的乡村，忽略了自然曾经带给我们的灵魂上的愉悦。

不是废话，我也有一个这样的童年。应该在春天。我喜欢把很多场景定格在春天，柳树、河水、虫蚁、花花草草都在此时苏醒。这是写作基调上的定位，我希望这个世界充满温暖与感动，而不是冷色调的背叛与屠戮，那样即使情节再精彩，也违背了人性本善的常理。村庄里的柳依次醒来，毛茸茸的，有及笄之年姑娘般微晕的绒毛，有一场春雨过后清新的绿。爬树，是我的拿手好戏，腰里别着一把削铅笔的小刀，拧下一支柳笛。

我相信，这就是牧笛的雏形，勿论声调是否悠扬，勿论你是否懂得那些飘忽的韵律，只是吹，鼓足了腮帮子，将积蓄了一个冬天的单调、憋闷、无聊，一起随着飘扬的柳笛声吹出。这时，我们一般在老河滩上放羊，牛是无须放养的，鲁西南的牛喜欢在牛圈里对着日光出神，倒嚼青草的滋味。所以只有羊是忠实的听众，累了，就卧在青草地上，听不在调上的柳笛的声音。

羊是否将柳笛声视为天籁？就如此时的我，总喜欢把儿时的场景统统定义为不可复制的天人合一。

王祯也曾写过牧笛，说牧笛是牧牛人吹的笛子，早晚吹响招来一些同牧人，犹如牧马人吹起胡笳。我对胡笳的感觉并不算好，可能在辽阔的北地听来太过忧伤，风沙的肆虐，硝烟的围困，太容易使人联想起“铁马冰河入梦来”的场景。

相比之下，黄庭坚的《牧童诗》就更具思辨性。“骑牛远远过前村，短笛横吹隔陇闻。多少长安名利客，机关用尽不如君。”这是典型意义上的将哲学意味融入文学的叙述，是说一个人无论如何机关算尽，有多少金钱，都不如一个骑牛的牧童。这无可争辩，尤其在名利堪比身家性命的今天，不知有多少脑瓜子钻进了钱眼里，忽略了亲情、友情、自然的情怀，看似一身荣光，实则如行尸走肉。

瑞士阿尔卑斯山一带流行的约德尔唱法，依我看也是牧笛的一种。不需要借助工具，单凭舌尖、唇、颚、口型之间的音频输出，就形成一种十分有趣而令人叹为观止的悠扬旋律。这种唱法的特点是在演唱开始时在中、低音区用真声唱，然后突然用假声进入高音区，并且用这两种方法迅速地交替演唱，犹如一条舒缓的河流，在漫步群山峡谷之后骤然跌宕起伏，其声婉转、清脆、明媚，碎银般洒落在青青的山野。

《牧笛》中的牧童，在与一只黄鹂斗过婉转的歌喉之后，恍然入梦。这是一个短暂而让人惊悸、惊讶的梦，在梦里，那头水墨的牛翻山越岭，在抵达一挂垂悬的瀑布前陷入沉默，它是在听瀑，还是在遥想曾经在野生族群里的自由时光？不得而知。心急的牧童一边在群山中呼唤，一边急急忙忙寻找，问一起放牧的伙伴，问砍柴归来的樵夫，问山野里的花草树木，然而最终也不能找到水牛的行踪。我看见他用衣角擦拭眼中的泪，我听见他赤脚走过山野的脚步声，那小小胸膛的起伏和一阵紧似一阵的心跳，仿佛年少时的我。

我年少时放羊，只顾在老河滩里捉鱼玩耍，归家时才发现少了一只羊。母亲问，不知，撩开夜色在河滩上、树林中寻找。为了给自己壮胆，口袋里摸出一支柳笛乌拉吹，“咩——”，突然听见羊叫的声音。却原来，在与一群羊和睦共处的时光中，冥冥中维系我们的竟然是一支小小的牧笛。

当然，牧童最后还是在梦里找到了那头水牛。他在一方平缓的岩石上，斫竹为笛，呼唤那团水墨回到身边。此时，黄雀停歇在枝头，兀鹫收回高翔的翅膀，一群白鹤缓缓落下，麋鹿站在高岗上静听牧笛悠扬。

这是天籁的力量，天地、万物，有时只需轻轻回望，便会留住生命中的那份纯真，和一头牛一起踏上回家的路。

扬扇：借一场风度过荒寒

烈日炎炎，我知道必有一场风潜伏在麦田深处。此时，布谷的鸣叫嘹亮而高远，牛圈里的那头牛圆睁着双眼，望向村外的田野。昨夜，父亲在月光下打磨镰刀，认真的程度不亚于即将厮杀于疆场的士兵。但我明白他心有余而力不足，就像一位负伤的战士，只能递过手中的钢枪，说："兄弟，替我多杀几个鬼子，别让血白流。"

我极为厌恶那样的劳作，将腰身躬至最低，将眼光瞄准手下无辜的麦子，拼尽全身的力气收割。我不能拒绝那样的付出，就像母亲即使疼得直不起腰来，仍然手持一把明晃晃的镰刀，向无尽的麦田进发。所以，在乡村，我始终以为我们是前生有罪的人，不能有一丝的怨怼与退却，只有这样才能收获赖以果腹的粮食，只有这样才能洗清我们前生的罪孽。

梅尧臣在《扬扇》一诗中写："田扇非团扇，每来场圃见。"我知道团扇，它起源于中国，是一种圆形有柄的扇子，传统工艺品，扇面常绣以山水花卉，款式争奇斗艳，也叫宫扇或纨扇。宫，代表帝王阶级的优雅与闲适；纨，纨绔的纨，只能属于有闲、有钱阶级的附庸。这有悖于劳作的场景，当田扇（扬扇）与团扇相遇，你能体会那种自卑至死的心情。

而那场风还在无边的田野上游荡，一边是与权势、休闲相关，一边是我的父亲母亲在场圃上心急如焚的等待。它不能做出决定，它只是这个世界的观望者，始终保持中立态度。我无权责问一场风，就如我站在故乡的田野上，不去奢望灯红酒绿，那是隔世，是与农耕无关的事件与话题。

当写作陷入困顿时，我常站在村前的田野上，冥想。那风在蛰伏了一个漫长的季节之后，走过花红柳绿，走过城市与山野，莅临我们的村庄，并非希冀，一场风所带来的是清醒、酣畅与淋漓的雨。站立在雨中，那是一场风带来的感动，泪水顺流而下。而书写正如一粒种子在雨后萌发，左边是劳作，是亲人，是祖先生活了千年的土地；右边是现代，是城市，是花团锦簇、烟火迷离。很明显，我从一场风那里学会了如何泾渭分明地界定生活，有接近，但绝不沾染奢靡。

从《齐民要术》里走出的那把锨，在乡村也叫扬篮，扬，《说文》中有“随风飞扬”的意思。篮形颇像一把小小的簸箕，前有木舌，后装木柄。农人在收获之后，场圃上打下的禾谷秕屑相杂，以扬篮抄取，向风中高掷，扬去秕糠，剩下净谷。这是去伪存真的过程，就如写作时的选材，芜杂的、颓废的、无聊的、背弃文义的全都抛撒于风中，留下饱满的、明媚的、童贞的颗粒，在纸页上闪烁滚动。

我无数次经历这样的场景：一家老小在麦场上汗如雨下，而风如影如魅，栖在草间，卧在枝头，藏在墙角。父亲哀叹着，偏瘫的身影纸片般一闪飘回了家，剩下母亲和年幼的我们。远处“黑云压城城欲摧”，我们的心里像郁积着一团火，找不到出口。风来，抓紧最后一刻，将麦子抛撒于空中，洁净的麦子落下，落下，使收获的喜悦一点点堆积。雨来，慌忙中不能守住将到嘴边的粮食，大雨倾盆，只能眼睁睁看着麦子在雨水中浸透、发芽，哀伤不绝如缕。

据史料记载，扬篮进化为扬扇，最早是在西汉时期，距今已有两千多年历史。《天工开物》中绘有闭合式的风扇车，机械内部扇叶装于轮轴，轮轴上亦装曲柄连杆，在装有轮轴、扇叶板和曲柄摇手的右边，是一个特制的圆形风腔。曲柄摇手周围的圆形空洞为进风口，左边有长方形风道为出风口。人以脚踏连杆或手摇使轮轴转动，可产生强气流，旋转鼓风四面流动，使来自漏斗的稻谷通过斗阀穿过风道，饱满结实的谷粒落入出粮口，而秕糠等杂物则沿风道随风一起飘出风口。

就在几年前，我们村还有用木锨扬场的习惯，看着风中落下的麦粒“大珠小珠落玉盘”，丰收的喜悦尽在眼角。我知道，无论是竹篾做的扬扇，还是木质的锨，都已成了过去时，只能作为一种念想存在于村庄的纹理中。

不能忽略的是，潜伏于麦田的一场风，曾经如期而至，去伪存真，让我们度过无边的荒寒。

田漏：乡村时间的刻度

母亲说，二大娘年轻的时候，曾去曹州西北角的洙赵新河挖河道，一个村子里的人陷在深深的河道里，像一群修整道路的工蚁。领工的是吕队长，脸型比较长，背地里人称驴脸队长。驴脸队长心黑，总想让大伙多干活，到了饭点，就躲在地窨子的工棚里赖着不出来。二大娘就喊："驴队长，吃饭时间到了，咋还不让俺们停工？"驴脸队长拉着一张驴脸出来："谁嚎？穷嚎，时间到不到我说了也不算，看表。"驴脸欺负大伙儿穷得没有一只表，以为没有表就不知道时间到了几时几刻。可大伙儿心里跟明镜儿似的，都知道二大娘掐算时间最准，有人试过，早中晚随意说了三个时辰，二大娘说出来误差一准儿不超过三分钟。

这是一个人内心的时间刻度，在漫长的乡村生活里，以日影、月影为坐标，甚至不用抬眼看天上的日头，就能知道时针指向了何处。本来，我以为父亲只是埋着头在玉米田里除草，忘记了时间，忘记了母亲做好饭站在家门口等，数次提醒，父亲只是说还没到点，还有一个树影的工夫，还有一袋烟的工夫，末了说：“好了，还有你娘一嗓子的工夫。”那边就传来母亲长长的一声唤——“吃饭喽！”后来我问，父亲说：“静下心干活，心里就有了时间，什么时候干完，什么时候吃饭，都在你的身体里，从来不用怀疑。”

田漏，王祯《农书》里说是古时农家计时的器具，宋代梅尧臣有诗《和孙端叟寺丞农具·田漏》：“瓦罂贮溪流，滴作耘田漏。不为阴晴惑，用识早暮候。”说的就是这个。田漏也叫刻漏，分沉箭漏与浮箭漏两种。沉箭漏十分古老，也较为简单，只有单壶，壶的下部有流管，壶中有一直立的浮在水面上的箭杆，上有刻度，称为箭尺。使用时，壶中水通过流管不断泄到壶外，箭尺便逐渐下沉，以指示时间。浮箭漏的出现晚于沉箭漏，性能优于前者。它由供水的漏壶、受水并放置箭尺的箭壶两部分组成。使用时，漏壶的水通过流管不断泄入箭壶，箭尺便随箭壶水位的升高而逐渐上浮。由于箭尺不放在漏壶中，故可以采取措施来保持漏壶水位的稳定，从而导致流量的稳定。而箭尺的刻度也因此可以均匀划分，并实现不间断的长时段计时。

我数学不好，所以祖先设置的原始时间刻度亦令我觉得眼花缭乱，但这并不妨碍我的联想能力，想象古时候的农人，一牛，一人，一方土地，在田野上劳作，不远处有一株千年的大槐树，槐花盛开，像一树洁白的云，那云的香在风中弥漫，馥郁、清甜。浓密的枝丫间有鸟，鹧鸪、画眉、百灵、黄鹂，婉转或者低沉的合唱明媚了遍地春光。时间在悄悄流逝，作为一个沉默的农人，我们的骨子里流淌着一条时间之河，何时春暖花开，何时秋草离离，何时白雪覆盖田野，我们都了然于心。

放置在田埂上的水漏，简单的刻度就是一个人血脉里的日晷，时间之水滴答、滴答，在漫长的日月交替中推动光阴的指针。爷爷老了，换成父亲，父亲老了，换成孙子，孙子老了，换成村庄里的我们。我终于明白了为何二大娘能准确掌握时间的刻度，为何父亲能从一株庄稼的影子里看见母亲将饭菜摆上饭桌。我也在学习掌握一些东西，那些消逝的乡村器物，那些从村庄走失再也不能返回的人，在我的脑海里一瞬间便能回到旧时的现场。我知道消失的只是形状，而在空气中飘着的才是灵魂，我寻找对话的方式，隔着时空的距离，企图用心底的声音唤回一声远年的应答。

夜晚，有时我会走出我生活了多年的村庄，闭着眼睛，前面是谁家的院墙，左边是谁家的一株苦楝树，年幼时的我，曾经从谁家的榆树上摔下来，落在软软的草垛上，因惊吓而失去知觉，在记忆的水面逐渐清晰。这也是代表时间流逝的方式之一，冥冥中，有一只无形的手在前方牵引，去时路，来时路，化作记忆的钟表，留下永远的刻度。

在不远的巨野，从一座汉代墓葬里出土了一件铜漏，称“巨野铜漏”，该漏壶高79.3厘米，口底径47厘米，重74公斤。研究者认为，此漏壶无盖，无箭尺扶梁，平底，尺寸大，应是浮箭漏之供水壶。可以想见，在当时的鲁西南地区，每一片土地上都有田漏的身影，水滴声声，我们的先民日出而作，日落而息，将身影投入这方深沉的土地。

耧种：行云流水布嘉种

耧种在我们村又叫耧车，是车不能坐，与纺车、水车一个意思，别看长得像车，既没有轱辘，也没有腿脚。现在有很多人也是这样，别看长得人五人六，耳鼻眼口一点也没跑偏，但是心偏了，难为诸如老师、校长、教授的一些伟大称呼。叫我说，有必要重新定义，凡是作奸犯科者，一律发配到撒哈拉沙漠种田去，专种麦子，拉耧车。

我们以前就是这样播种麦子的，一架耧车，前有三五人，大人小孩皆可，只要能爬得动就能派上用场。拉耧的姿势近乎匍匐，有紧贴大地之意。耧车在后，三条腿，摇摇晃晃，蹒蹒跶跶，所以后面的摇耧者也必摇摇晃晃，手颤动如半身不遂后遗症患者。最后面摇耧的，是村里的三晃叔，平时走路就一步三摇，好像大地不平。三晃叔摇耧有摇耧号子："呼儿嗨，左边加把劲呀，一会儿就到头呀；右边使把力呀，白菜炖豆腐呀！"

于是播种的速度就快了，一天下了那么多力，身体都被掏空了，谁不希望晚上吃顿白菜炖豆腐呢？

《授时通考》里的耧车有图有真相，上面写着一行字："麦粟皆用此具。"就是说，除了播种麦子，耧车还肩负着播谷的重任。这很重要，我们村的妇女，哺乳期都喝小米粥，生孩子那天，东家两包红糖，西家几个鸡蛋，最要好的姐妹，往往拎来几斤小米，金黄，粒粒莹润。再回到《授时通考》，黑白图片上有棵树，像我们村口的大槐树，日日年年守望在村口，看村里人进进出出，在田野上耕耘稼穑。有一牛肩胛突兀，看起来健壮有力。有一人，缰绳拴在耧车上，两手扶着耧车横梁，做摇晃态，与三晃叔颇像。

我家牛衣岁月时，竟然穷得养不起一头牛，每年播种的时候，必须全家出动。耧车不像犁杖，能挖地三尺，即使一帮人累得哼哼哧哧，一天也翻不了多少地。墒情好的年月，可以浅播，所以拉起来也费不了多少力气。我年岁小，驾辕子，就是站在牛站的位置上，左边是三姐，右边是二姐，后面扶耧的是三哥。耧斗晃动，箱板呱嗒，竟然像一支乡村协奏曲。

我是多么留恋那些岁月，即使贫寒，也觉得眼前皆是憧憬。我喜欢那时的天，湛蓝，夜晚的星光触手可及；我喜欢那时的田野，一伸手就能握住庄稼的小手，青绿、柔嫩。我想这是充满矛盾的，就如现在，播种机轰隆而过，几亩地一眨眼的工夫完事。母亲过去常念叨："共产主义就是犁地不用牛，点灯不用油；楼上楼下，电灯电话。"这些母亲都等到了，且很满足，但最大的问题是，我们为何越来越欲壑难填?

崔寔《政论》说，汉武帝任命赵过为搜粟都尉，教农民耕种的方法。三犁共一牛，一人掌握，下种、挽耧，同时完成，一天能种一顷。这说明耧车在中原大地上已经行云流水布种了两千多年。而西方直到公元16世纪还没有出现条播机。这么看来，我家的那架耧车一定要好好保护起来，说不定某天就成了珍贵文物。

跟在耧车后面的叫砘子，就是三个石轱辘用木头串在一起，随着耧车所过碾压，使种子与土壤相亲相爱，这样容易出苗。我们家人多，有时以为没有必要使用，就一人一行，双脚走直线，踩踏而过。近似时装舞台上的猫步，只是舞台是田野，我们是土著里的时尚一族。

还有最后一个过程，王祯做过具体的描述：“挞，打田彗也。用科木缚如埽彗，复加扁阔，上以土物压之，亦要轻重随宜，用以打地。”作用是使垄满土实，苗容易出生。后来我三哥退伍返乡，学会了一应农活，我因年少瘦弱，挞地时便坐在一堆树枝上，仿若70多年一遇的哈雷彗星，在无边的大地上穿行。

耒耜：以骨为犁

耒耜，象形字，古代的一种翻土农具，形似木杈，上有曲柄，下面是犁头，可以用来松土，是犁的前身。

我能想象仓颉造字时的神情，在面对耒耜时嘴里絮絮叨叨，手里的木棍在地上比比画画，飞鸟从天边掠过，大河在身后流淌，而此时的仓颉陷入了深深的思考。是夜月明，仓颉悄然起身，看见月光下的耒耜，简洁、简陋，犹如一位站立在天地之间的神明，木有柄，犁有面，便随手记下几个简单的符号。如此，耒耜在月光下，在草木中，在先祖沟壑纵横的笑意中，悄然诞生。

我家分队那年，分得一架犁杖，由于家里没有牲畜，就靠在墙角，一年年老去。犁杖停靠的地方，是我幼时的天堂，蟋蟀在墙缝中鸣唱，叙述着贫寒的光景；车前草长了一轮又一轮，始终没有走出矮矮的庭院。有一天，我看见犁杖上盘了一条红花蛇，散发出红色的光芒，仿若一架老去的犁杖，在一场神秘的扶乩里，化作一条游龙，腾空而去。

犁铧斑驳，令人有一种说不出的忧伤。从农耕文化开始，到原始农具的消失，其间不过两千多年的光阴。《易经·系辞》说，神农“斫木为耜，揉木为耒，耒耜之利，以教天下”。是说天下之教莫不出于农耕文明，而农耕文明的起源恰好与耒耜的诞生重合。《礼纬·含文嘉》又说，神农“始作耒耜，教民耕种”，都讲到炎帝神农制作耕播工具——耒耜。

这是解放人力的一次重大变革，后来的脚犁便是由最初的耒耜演变而来，一人一具，在田野上劳作。脚犁，在今天川黔等地仍有实物，古时也称“镵”“踏犁”，意即在使用时以足踏之，用来翻土。宋朝的周去飞曾写道：“踏犁形如匙，长六尺许，末施横木一尺余，此两手所捉处也。犁柄之中，于其左边施短柄焉，此左脚所踏处也。”即使这样，也只能“踏犁五日，可当牛犁一日，又不若犁之深于土”。

如此看来，我家的那架犁杖一定是当年的有功之臣。

《题耕织图·第二图·耕》中有：“土膏初动正春晴，野老支筇早课耕。辛苦田家惟穑事，陇边时听叱牛声。”说的就是我家的犁杖，初春醒来，在一头老牛的召唤声中走向鲁西南腹部的田野，或许是我的父亲，抑或是我不知名的先祖，点燃一袋旱烟，用目光丈量一下田亩，而后对身边的老朋友耕牛说：“走吧，老伙计，这是我们赖以生存的土地，也只有我们来耕耘、播种，才能收获冬日里的暖。”那头青色的老牛哞叫一声，悠长的呼唤恰若生民的吟唱，唤醒脚下沉睡的土地。

我始终不能忘记暮色中的父亲将一根长长的缰绳交到我手里时的情景，那缰绳像一根不言自明的接力棒。用意很明显：设若某一天我离你而去，这头牛，我手中的犁杖，脚下的土地，必将由你自己去耕耘。如今想来，父亲一生与我并无太多言语，我们大多数时间都是用目光在交流。那目光我记得，如草木般卑微，有泥土般的羞涩与沉稳。都说人情练达，而父亲在我的眼中始终停留在他的年少时节，家里很多事情都交由母亲来处理。

这符合一架犁杖的秉性，生来沉默，躬身于大地，只管耕耘，不问收获。

有时我想，我码字的喜好也是如此，从一开始的好奇与期待，到现在的每日一章节，好像成了生活的必需。每当夜幕降临，仿佛思想与手都被文字左右，记忆里的物事一件件、一桩桩浮出水面，写下来，与冯唐在《翻译〈飞鸟集〉的二十一个刹那》中所说“写作更偏‘无我’一些，最好的写作是老天抓着作者的手码字，作者只是某种媒介而已”更为相似。

唐朝陆龟蒙撰写的《耒耜经》，是中国有史以来独一无二的农具专著，共记述了四种农具。其中对被誉为我国农耕史上里程碑的唐代曲辕犁记述得最准确、详细。“辕有越，加箭可弛张焉。……所以进退，曰评。进之则箭下，入土也深；退之则箭上，入土也浅。……横于辕之前末曰槃，言可转也。左右系以樫，曰轭也。辕之后末曰梢，中在手，所以执耕者也。”

如此说来，一架犁杖也能以自身的坚守与贞静，在史册留下一道深深的刻痕。就如农耕文明的消隐，无论再过多少年，祖先以骨为犁的身影都会留存于我们的内心。身后，万物花开。

钱镈：在野草离离中穿行

我需要进行一次穿越，在茫茫的夜色中启程，走向《诗经》所在的彼岸，穿过“所谓伊人，在水一方”的水湄，走过芣苢盛开的阡陌，来到《周颂》中祭祀的宗庙前。“命我众人，庤乃钱镈，奄观铚艾。”是说眼看收获的季节到了，让我们感谢光明伟大的神灵，收起你的铲子和锄头，我要到田野上看看如何开镰与收割。

这里的铲子和锄头就是钱与镈，同属除草的农具，并非锹属，这里的锄头主要用来锄草，而非用来保持土壤的墒情。王安石说：“于易见耒耜，于诗闻钱镈……欲收禾黍善，先去蒿莱恶。”意思就是耒耜最早记录在《易经》中，钱镈最早的记录来自《诗经·周颂》……想要收获饱满的谷物，就必须先去除田间的杂草。

这是一次遥远的呼唤，站在村庄的屋顶，远处星光闪烁的地方，就是农具的起源。

我小时最熟悉的，就是遍地的野草。狗牙根生机勃勃，从主根生发出更多的枝条，一路走，一路扎下蓬勃的根须，别看细细长长，一个节气就能生成一个繁茂的家族。香附子来自李时珍的《本草纲目》，带着一股子药性与邪性生长在玉米田里，昨天才斩断了草茎，明日黎明就会弹出嫩黄的芽尖，顶着一滴透明的朝露，炫耀顽强的生命力。还有牛筋草，像牛筋一般坚韧，长在季节的路口，任你使劲全身的力气，也不能撼动它对大地母亲的依恋。

我提溜着一把小铲子的模样着实有些可笑，肩上挎着扁扁的柳篮，蹲下来看一群蚂蚁在草间忙忙碌碌。我佩服这个小小的族群，瘦弱的个头，一哈腰却能叼起一枚比自己重许多倍的谷粒，向家的方向奔走。但我不能因玩耍而耽误了薅草，家里的牛羊还在等待鲜美的野草。这是小时候我们必做的功课，一放学，就挎着一只柳篮匆匆走向村外的阡陌，夕阳落下，将薅来的野草在村前的小河里淘净，顺便脱下被汗水湿透的衣服，跳进水里，洗涤清澈的童年。

《农书》里的铲子，柄长二尺，刃广二寸，而我家的铲子柄不盈尺，且有一个自然的弯把。铲柄取自门前的枣树，寻一根三到五年的枝条，牛轭状，上有凸起，握在手中自然顺畅，等同于手臂陡然暴长。

而锄头，大多在青苗拔节的时段派上用场。深沉浑厚的土地，草与庄稼本来自同一个家族，只不过其中一部分经过漫长的岁月，经过先祖的挑选与培育，变成了可以果腹的庄稼。春日，一同苏醒，向圆润的生命进发。人的欲望在于挑剔和出于生活必需的抉择，把庄稼视作自己的儿女，呵护有加。而野草可谓命运多舛，刚刚露出一点绿意便被锄头生生挖去。这是生长自由的悖论，每一年都会在乡野上演。

我学锄地的时候，邻居五婶就开始在田里唱："那个前腿弓，那个后腿蹬，把脚步放稳劲使匀，那个草死苗好土发松，得儿哟，得儿哟，土发松。你前腿弓你后腿蹬，心不要慌来手不要猛，好，好，又叫你把它给判了死刑。"唱腔清丽婉转，好像银环就在我家隔壁田里。只是手下的锄头倾斜，真的给一株好苗判了死刑。

我写作的过程，也和苗期管理相似，有时沿着一条虚无缥缈的主线正写得起劲，思绪忽然游离，一不小心就会离题万里。不得已，只得将一些芜杂的部分删去。曾任范县县令的郑板桥有对楹联：“删繁就简三秋树，领异标新二月花。”说的大致也是这个道理，就是用简洁的文字，来描述事物的结构与情节，能达到妙笔生花的效果。

《周礼·考工记》曾记述，凡是器具，国家都有相应的工官监造，唯独没有造锄的工官，这是什么原因？没有镈官，不是没有锄头这种工具，而是因为很多人都能自制镈器。看来，自古锄头都是农人自己制造，包括原始社会用蚌壳、石器除草，无须麻烦各位官大老爷。

我们村后来使用的推锄，也算得上一个重要发明，就是用废弃的自行车轱辘，装上车把，安上一片耘锄，轻便、小巧，即使妇人与少年也能灵活使用，一天可锄地三到五亩。这是焊工肖二哥的发明。肖二哥长得白净，有次在路上为了救一放学回家的孩子，腿被机动三轮车撞折，走路一颠一瘸，后娶邻村自幼得小儿麻痹症但心灵手巧的芳草姐为妻，一家人也算其乐融融。肖二哥打小爱钻研，很多种农机具都能自己制造，也算是造福一方的能人。

夜色中回望，我又一次看见青草离离，遍布田野。我知道，一部长长的农耕史，就是一部与野草展开拉锯战的乡村野史。草们会厌恶我们的身影，诅咒我们无情的戕害与屠戮，但它们又如此坚强与博爱，用草药之暖，庇护着我们一如草芥的生命。

耰锄：耰而不辍是为谁

寂静的深夜，将脚步放轻一些，再轻一些，只因怕惊动在暗夜生长的庄稼。禾谷像人一样，有父本，也有母本，田野上来来往往奔忙的风、穿梭的蜜蜂和蝴蝶，就是一条缥缈的红线，将最初的爱紧紧维系。我能听见豆类植物对纠缠不休的菟丝子的怨怼，也能听见高粱的窃窃私语，它们手牵着手向秋日的那团火红奔跑。还能听见玉米的呼吸，风吹动长长的缨，它们坦然而贞静。

这是耰锄之功。耰，是古代的一种农具，弄碎土块、平整田地用。亦可做动词用，意思是用耰翻土覆盖种子。说到这里我常想起母亲当年说我的那句话："不好好干活，将来只能在农村打坷垃。"坷垃就是土块，与一枚钻石几克拉的克拉没有一毛钱关系。我停下手中的锄镐，想想，四面来风的田野，星光闪烁的夜空，瓦蓝的天底下飘着几朵优哉游哉的云，这样也不错，只是没敢接着母亲的话头说，怕被劈头盖脸一顿骂，说没一点出息。

至于锄的解释有点玄妙，《说文解字》中说："商人七十而耡（锄）。耡，耤税也。从耒助声。"《周礼》曰："以兴耡（锄）利萌。"大约是指商朝时的一种税。当时实行井田制，农民在一起耕种，收获后缴纳一定的谷物，以待饥年之用，名为"锄粟"。叫我看，这在靠天吃饭的古时未尝不是一件好事。阎连科曾经在小说中写到一个情节：大旱之年，队里将每家每户的种子收集在一起，妥善保存，是怕一旦当成口粮吃了就没有了播种的粮食。尽管最后的结局是，那位老人一整个秋天都在呕心沥血守护着最后一株玉米，以至于死后以血肉将玉米的生命延续，也算给一个空荡荡的村庄留下了一丝生存的希望。

这是近乎残忍的生存状态，遥想古时的农人，战争、洪涝、疟疾、鼠疫，一等一的天灾人祸不可避免，可还是依靠坚强的信念活了下来，这不能不说是一种智慧。

说到有关耕作的智慧，在这里不能不提到两个人：春秋时期的长沮和桀溺。长沮和桀溺是比邻而居的两个人，生活上彼此照应，精神上也颇有共鸣。一天，两个人执着锄把在田里干活，孔子从一旁经过，让子路去询问渡口（以便孔老夫子能找到合适的下家，来贯彻他老人家的执政理念）。长沮反问子路："驾车子的那个是谁？"子路说："是孔丘。"长沮说："是鲁国的孔丘么？他那么聪明的人早知道渡口在哪儿了。"子路一看这个人缠头，转问桀溺。桀溺问："你是谁？"子路答："是仲由。"桀溺又问："你是孔大圣人的学生吗？"子路答："是的。"桀溺说："你傻瓜蛋啊，如今天下大乱，礼崩乐坏，你与其跟着孔大圣人到处躲避，还不如跟我们这些泥腿子一样避世隐居呢。"说完，俩人头也不抬地只管锄地，往种子上盖土。

这是一种悖论，一方面作为农人的长沮和桀溺习惯了这种陶然而居的生活状态，一方面以修身齐家治国平天下为理想的孔子为苍生而呼，哪一种更为真实，相信每个人自有判断。而农人手中的那把锄头，只知道用简朴的一生来丈量脚下的土地。

面朝黄土背朝天，生动地形容了一个人手执一把锄头劳作时的场景，也给了乡村一个鄙夷的眼神。就像我母亲说的那句话，相信没有几个人愿意一辈子和庄稼、土地在一起。有的只是一种无奈，一种苍凉，在晚风中荷锄而归，累得脚也不洗，就仰在炕上呼呼睡去。而我现在要说的是一个字：墒。播下的种子，如果不及时划锄保墒，就会和泥土板结在一起，我们要做的就是把锄当作痒痒挠，给大地松松土，保证种子能畅然呼吸。

有关土壤的验墒法，我五大爷最有经验。抓把土，紧握成团，若土色发黑，握后手上有明显的水印，感觉阴凉，说明土壤中含水较多，干后容易板结，播种后会出苗不全，影响以后的发育。二一种，是褐色的土壤，也是手握成团，但落地散成土块，如此水分刚刚好，可以挂锄南山。还有一种情况，土色发黄，手握也能成团，但落地散碎。这是土地干渴的表现，这时，五大爷就不得不日日趴在井沿上，手摇辘轳哗啦啦响，开始浇灌土地。

我觉得写作有时也是墒情的问题，如情绪太过饱满，虽写起来豪放恣肆，但文字中难免太多水分，容易覆盖主线。当然，莫大爷的草蛇灰线之法不能纳入其中，蓬勃丛生的野草，一条黑花蝮蛇游弋而过，是元气充沛硬生生蹚出一条叙述生动的故事之路，我看《生死疲劳》如此，《檀香刑》亦如此。武功太强的高手不易模仿，容易走火入魔；细节太少则容易干枯，犹如寒冬枯树，只有几只乌鸦在树干上无聊蹲守，感觉不到文字的生命。钟嵘《诗品》劈头四句："气之动物，物之感人，故摇荡性情，形诸舞咏。"这就是了，一篇文章如果连通了血脉，接通了地气，就会展现出一定的价值。

这与锄地的锄头无关，只不过是我无端生出的一些感慨，自检下书写的墒情可好。而一把隐居乡野的锄头尚在，不管耕作方式如何现代，也不能逆天而行。耰而不辍是为谁？也许早已有了答案。

袯襫：布衣之暖

袯襫一词可谓久远，穿过朦胧的月色，穿过千年的风雨，方能遇见其斑驳的容颜。从巢穴中走出的祖先，开始试着在田野上生存，旷地茅屋俨然，屋内有暖暖的火光，忽而风至，才想起昨日刚刚驯化的家畜尚未回家。风是雨头，一转眼大雨如注，不得已，取下墙上挂着的一片简陋蓑衣，冲进肆虐的风雨。

那蓑衣便是袯襫的另一个称谓，陆游有诗《秋获后即事》："秋获春耕力尚余，雨中袯襫种寒蔬。筑居正可茨生草，出市何妨借蹇驴。"是说一年到头春种秋收，还剩下一些力气，不妨起身披上蓑衣播种一点适宜秋冬季节的菜蔬，天气晴朗时用茅草翻新一下屋盖，想去赶集借一头瘸腿的驴子也未尝不可。这是对生活的一种淡然态度，断不像今日之人终日里忙忙碌碌，回头看时，却发现没有一点生活质量。

我对蓑衣的印象，源于父亲。父亲将白茅收割，晾晒在场院里，待晒至半干，用粗糙的大手揉搓，以彰显其更加柔韧的质地。而后在寂静的仓房里点起黄香，以褪去草叶本来的色泽。过些日子，打开门窗，让凉爽的夜风吹送，带走那些稍显刺鼻的气味。而后，再一次将白茅浸入水中搓洗，至此，编织蓑衣的材料就算准备好了。此时的茅草已经有暖色调的白与棉的质感，握在手心宛若无骨，却依然能感觉到柔韧如丝线。

《国语·齐语》中曾记载：“首戴茅蒲，身衣袯襫，沾体涂足，暴其发肤，尽其四支之敏，以从事于田野。”如此看来，身穿一件粗陋的蓑衣在当时应该是一种常态。雨来，可以护体，不至于沾染风寒；雪下，可以独钓寒江，映衬出一幅雪中独钓图；疲倦时，可以铺在地上，阻住虫蚁扰人的脚步。

袯襫的另一种解释——粗糙结实的衣服，我想更为贴切，毕竟蓑衣的主要用途在雨天，而更多的时候我们的先祖需要在田野上劳作，用血汗换取使历史得以前进的谷物。

“扬州八怪”之一的金农有诗：“劝君牵犊扶犁去，好织青青袯襫衣。”说的大概就是我们村织布的场景。那时候几乎家家纺棉，纺成的棉线用来织布——鲁西南老粗布。织布其实很复杂，老祖母说从采棉到上机，共要大大小小七十二道工序，轧花、弹花、搓棉条、纺线、打线、浆线、扽线、落线、经线、刷线、做综、闯杼等，估计没有人能一口气说上来。

这些都无关紧要，别看现在的人们一说起老粗布来，能说出一大套好来，诸如质地柔软，手感极佳，透气性好，无静电反应，持久耐用。但曾作为当事人的我，对它却有一种骨子里的拒绝。母亲手工为我们缝衣，粗针大线尚且不说，穿在身上老会觉得硬，硌得慌。买时兴的的确良又没钱，所以除了嘴里抱怨两句倒也说不出啥来。

谁叫我们穷呢？谁叫我们生活在贫寒之家，只能穿粗布，吃粗粮呢？没有答案，只有挂在老河滩上的鲁西南织锦在随风飘扬。布衣，布衣，嘴里喃喃说出这个词语，便有一种毫无来由的暖在心中充盈。昏黄的灯光下，母亲吱吱扭扭的纺车声，使单薄的夜色更加安静。明净的小河旁，和母亲把刚从织布机上卸下来的布匹扽洗，水珠点点，有虹在眼前闪现。把染好的布匹挂上高高的木架，一卷卷，一匹匹，势如长练。

对布衣的描绘，随手一翻，就能在史册中抓来一个。“筚路蓝缕，以启山林。抚有蛮夷，以属华夏。不鸣则已，一鸣惊人。”这是古时的楚国先民，穿着破布衣衫，拉着简陋的柴车，开垦了山坡林地，创建了楚国，可以延伸为楚文化的精髓。“庆历中，有布衣毕昇，又为活版。”这一句来自沈括的《梦溪笔谈》，说的是发明了活字印刷术的毕昇也是一介平民。

这是袯襫的延伸，从一件莎草或者白茅编织的蓑衣中迤逦而来，让你看清楚历史发展的轨迹。

我有时想，是不是曾经存在的每一件乡村物事都有它独特的气息、味道与文化价值，就如一片历经沧桑的老瓦，也曾站在故乡高高的屋脊上，体味过世态炎凉，看透了人世变迁。

透过现象看本质，我所撷取的也许仅仅是沧海一粟，但溯流而上，体悟到的却是一种旧日之暖，譬如袯襫。

台笠：被风吹走的破草帽

“青箬笠，绿蓑衣，斜风细雨不须归。”是我很早学到的一句诗，读来摇头晃脑，却全然不知其意，只知道箬笠青，蓑衣绿，此外就是接天连地的斜风细雨。后来就想，张志和这人大概也是有闲阶级，就像现在的小资，一身纯棉手绘布衣，荷花朵朵开，荷叶年年绿，到底不了解风情之外劳苦大众的生活。

台笠一词原指蓑衣和笠帽，“南山有台，北山有莱。乐只君子，邦家之基。乐只君子，万寿无期”，说的是南山上有蓑衣草，北山长满嫩藜一类的野草，只有君子才能为国打下根基，只有快乐的人，才能长寿安康。这是《诗经》的朴素理念，以一株普通的乡间野草起兴，融解了君子的胸中块垒。

我们村里的人大多不懂这些，村前有条河，河水泛柔波，河岸之上是青青的蓑衣草，近乎大地之衣，冬衰而春茂，大有星火燎原之势。我和村里的黑妮，坐在草丛里，小小年纪就懂得用草茎扶乩。一根三棱形的草茎，剖开，若呈平行四边形，明日必是阳光明媚，有好事接踵而至；若是一分为二，心中会怦然一震：难不成明天将乌云满天，有什么不好的事情发生？

说来这只是小小的游戏，我祖母称之为人小鬼大，属小儿信口雌黄。祖母称蓑衣草为香附，其名香香暖暖，好像墙上贴画《张生私会崔莺莺》里的经典场景。香附子是蓑衣草的根茎，据《唐本草》记载，可治未老先衰。取香附子一斤，用水浸泡，搓去毛，炒黄，加茯苓四两，共研为末，以炼蜜调末为丸，每晨服一丸，降气汤送下，顿时神清气爽。此方名为“交感丹”，单从名字来看，想必一定有不可预知的疗效。等我老了，不成也布衣还乡，没事就去村前的小河滩上挖香附子，以验证其尚且存疑的功效。

其实蓑衣草最大的功用应该是制作蓑衣，因在《袯襫：布衣之暖》一篇中有着重交代，此处可省略。

天气阴晴不定，二大爷出门一定会戴上一顶破草帽，晴可遮阳，阴可遮雨，有双重功用。有时在田里干了半天活，总想着有什么事不对劲，一摸头顶，才知道把草帽落在家里，遂返身回家，取草帽戴上，才回去继续躬身锄地。后来出来一句歇后语：二大爷的破草帽——兜屁。说的就是二大爷有事没事就把草帽掖在裤腰里，一撅腚，头在下，草帽在齐腰深的庄稼地里徐徐而行。

梅尧臣在《和孙端叟寺丞农具·台笠》中写：“力田冒风雨，缉箨为台笠。”大概说的就是二大爷冒着风雨戴着草帽劳作时的情形，只不过那时是戴斗笠。箨是竹笋外面一层一层的皮，我去苏州大学时曾在校园的某个角落见过，竹笋见风而长，外面的皮也迅速枯萎，剥下来，编织成笠，摇曳间，可见江南朦胧烟雨。

我们村编草帽大多就地取材，因地属北方，很难看见竹子扶摇的倩影，倒是河滩上有蒲草，田野里有麦秸，皆可为我所用。有一段时间，一个村子里的人都学会了编草帽，亮闪闪的麦子秸秆，经水浸泡后晾晒在院子里，男男女女围坐在一起，说说笑笑间草帽挂满了山墙。

我们村编草帽大略有以下几种手法：

一是正反结。将一束麦秸系在横线上，两股一组，打成一个套结，各组依次往下，用同样的方法系结。整排打完一个正反结后，再把相邻的两股作为一组，继续正反结的操作，这样就形成了网眼。

另外一种叫百结法。将第一股麦秸逆时针方向转一小圈，同时捏住圆圈的交叉点，将另一股对折。从第一股圆圈下拉出一小截麦秸，形成一个小圈，向右压住第一个圆圈，然后将第二股麦秸顺时针压第一股，绕一个大圈，在余下的一股小圆圈上挑一股，压两股。往下拉，从第二股的小圆圈先压后挑，套过去，向下面拉紧。如此即为百结法。此法极为考验一个人的逻辑思维能力，像我这样混沌的脑壳，只能远观。

更为复杂的一种叫绕格铜圆眼。据二大爷讲，只有我祖母能熟练操作此法。烈日当头，戴上这样的草帽，既能遮挡太阳，又通风透气，劳作时，有幽幽凉风穿过发丝。只不过这样的手艺早已失传。二大爷说完，从腰间抽出村里的最后一顶草帽扇着风，眼神飘向白云间。

我对老旧事物的迷恋，有时像喝了一坛陈年老酒，恍兮惚兮，不分魏晋。只觉得身影飘飘，头戴一顶破草帽走在故乡的田野间。麦子青青，“梧桐更兼细雨”，空寂的时空里走来的都是曾经熟悉的乡亲。他们有的荷锄在肩，走在晚归的路上；有的顶风冒雨，在场圃上来来往往；有的捏一支旱烟管，腔子里传出几声惊天动地的咳，夜就拉上了帷幕。没有人能复制出这样的场景，就如一场风从村庄的空隙吹过，此后经年，你听见的只是村庄落寞的喘息。

风吹走了我的破草帽，台笠也已成了时间台历上过去的一页，被风悄然撕去。

耘鼓：一何乐兮一何苦

我薅了一把莠草，讨好般递到黑犍牛的嘴边，黑犍牛红着两只大眼，仿若路人。我说，别太犟好不好，有时喂你，父亲舍不得，我还给你多加一把干料。黑犍牛沉默着，套上耘锄的缰绳蓦然一紧，这家伙已经冲进玉米田，做曲线状前进。我喊，我紧掣缰绳，我单薄的身子被牛牵着东倒西歪，却掌握不住三条齿的耘锄。后来我哭了，牛也哭了，它被我绑在地头的一棵梧桐树上，身上是横七竖八的鞭痕。

这是我十五岁时耘田的场景，有时从梦里惊醒，双手紧握，好像还紧紧地掣着一根缰绳。

古代耘田不是这样，梅尧臣《耘鼓》诗曰："挂鼓大树枝，将以一耘耔。逢逢达远近，汩汩来田里。"是说将鼓挂在田间的树枝上，开始一天的耘田劳作。咚咚的声音时远时近，像一股急迫的水流涌来涌去。

神农氏“斫木为耜，揉木为耒。耒耨之利，以教天下”，是说农耕的起源。万物有本，洪荒过后，我们的先祖走出原始洞穴，开始在田野上劳作，洪涝、干旱、疾病、虫灾、瘟疫，无时无刻不在考验与折磨着他们。试想，若是哪一种灾难的发生，都能湮灭了人迹，后来的后来如何看见我们的身影？

是进步还是退却？我不是最后的审判者。但你听，耘田鼓挂上树枝的时候，我们的先祖赤膊以待，站在大地的中央，他们面对的是可以果腹的禾谷，有辛勤的耕耘才有丰足的收获，这是傻子也明白的道理。一声唤醒黎明，两声响彻天地，三声千人竞发。这是一场有关农耕的战争，拼争了千年；这是村庄才有的狂欢，在田塍上赤足行进。

我小时，最喜光着脚在田野上奔跑，追赶天边的流云，追赶被风吹落的叶子，追逐一只仓皇逃窜的野兔。虽然大多无果而终，但在奔跑时会觉得自己就是一场风，吹上枝头，看父亲母亲在田野上劳作；吹上村庄的上空，和炊烟缠绵。赤足行走是一种接近本真的行为艺术，脚掌与大地亲密接触，就像与一片土地结下生死契约，从此，我将在你的胸膛上歌哭悲喜，从此后，你将在我的心底春华秋实。

王祯《农书》里的薅鼓，是借用北宋农学家曾安止的《薅鼓序》，其文大意如下：薅田打鼓，在入蜀时看见。开始击鼓是把农民聚集起来，来了之后再用急促的鼓声使他们有秩序地工作，在工作中用击鼓防止他们说说笑笑妨碍正事。鼓声急促酣畅，有缓急高低而没有声调韵律，从早到晚不曾绝响。尽管我有一丝怀疑，疑为奴隶主气急败坏地使用廉价劳动力，但一只在树杈上鸣响的鼓无罪，它的出现无非是想让劳作的人更加集中精力，适时耕耘除草。

我印象中村口的大槐树上曾经挂过一口钟，钟声敲响，一个村子里的人都端着碗，或趿拉着鞋子，从狭窄的胡同里走出来，听队长牛三传达精神。无非是召集劳动力挖河修坝，村里开始新一轮的更换土地，谁家失了老人送葬，跟一界之隔的单县争夺巴掌大的一块土地等，唯独没有见过钟响时薅草耘地。当然，我记事时村里已经分田到户，不用召集也会在自家田地里尽心尽力。

我的曹县老乡氾胜之曾说：“凡耕之本，在于趣时。”“春冻解，地气始通，土一和解。夏至，天气始暑，阴气始盛，土复解。夏至后九十日，昼夜分，天地气和。以此时耕，一而当五，名曰‘膏泽’，皆得时功。”说的是耕地的基本原理，在于抓住时机。春天地气开始通顺，土壤和解；夏至阴气转盛，土壤又一次和解；夏至后的第九十天（即秋分节气），天气又开始新一轮的调和状态，在这个时候耕地，土地肥沃润泽，叫“膏泽”。

一个“膏泽”定义了土地，而节气相当于土地的年轮，有盛有衰，有饱满淋漓的原始之态。我读莫言，最大的感觉就是深入一片膏泽之地，花开盛而艳而妖，禾谷满而盈而丰腴如母亲之乳，高粱性感妖娆，玉米粗野亢奋。原本，我是追求极简表述的，像吴冠中的江南水墨，由点、线而成一片贞静的田野，淡墨素描旧年的轮廓，看来，文字之法亦无定势，尚需向土地学习如何耕耘布种。

浙江乡间农家儿童，在春月把梧桐树皮卷成角来吹奏，声音响遍田野。前人曾用“村南村北梧桐角，山前山后白菜花”的诗句来描写当时的情景，可见梧桐角也属“农器谱”中的一员。

我有些诧异，原来枯燥乏味的田间耕作竟然还有牧笛、耘鼓、梧桐角之类的响器为伴。它们发声简洁，从遥远的农耕时代开始吹奏，直到现代的高楼大厦竖起冰冷的屏障。我不止一次看见失去土地的农人，脚步迟缓，一脸茫然走在繁华的街道上，他们的脚尚不习惯坚硬的水泥路面，他们的眼神已然找寻不到往日的归途，他们的手摸惯了粮食的暖而此时无处安放。

《农书》继续说：“盖音乐主和，寓之于物，以假声韵，所以感阳舒而荡阴郁，导天时而达人事。则人与时通，物随气化，非直为戏乐也。”一句“非直为戏乐”说出了这些能发声的农器的终极意义，是它们牵引我们的先祖一步步走来，以艰辛的劳作换来如今的物阜民丰。

当然，说的最直白的还是蜀时地僧人可朋，一首《耘田鼓诗》爱憎分明，敲出了农家之苦：“农舍田头鼓，王孙筵上鼓。鼓兮鼓兮皆为鼓，一何乐兮一何苦？”